CINQUENTA TONS na prática

Debra e Don Macleod

CINQUENTA TONS na prática

Um guia para iniciantes liberarem seus desejos mais eróticos

Tradução: Aline Leal

Singular

Título original: 50 Ways to Play – BDSM for nice people

Editora Singular
Rua Capitão Guynemer, SN – Quadra 20 – Lotes 5 e 6 — CEP 22250-000
Xerém – RJ – Brasil
Tel.: (21) 3651-7443
e-mail:sac@singulardigital.com.br

CIP-BRASIL. CATALOGAÇÃO NA FONTE
SINDICATO NACIONAL DOS EDITORES DE LIVROS, RJ

M145c Macleod, Debra, 1969-
Cinquenta tons na prática : um guia para iniciantes liberarem seus desejos mais eróticos / Debra e Don Macleod ; tradução Aline Leal. - 1.ed. - Rio de Janeiro : Singular, 2012.

Tradução de: 50 ways to play – BDSM for nice people
ISBN 978-85-62413-89-6

1. Sexo 2. Sexo - Manuais, guias, etc. 3. Comportamento sexual. I. Macleod, Donald, 1940-. II. Título.

Sumário

Introdução

Sexo tem que ser como um soco no estômago. Ele deve pegar você desprevenido, fazendo com que perca o fôlego só de pensar no que está por vir; deve fazer você arfar com descobertas, deve acelerar seu pulso e consumir seu corpo, sua mente, sua alma. O desejo sexual tem que estimular você a fazer e dizer coisas que não diria ou faria em sã consciência, e a severidade das sensações físicas deve paralisá-lo. Sexo tem que fazer você pegar fogo, para que uma parte sua que você nem imagina que existe ganhe vida nas brasas.

Faça este quiz para saber se sua vida sexual é mental e fisicamente tão excitante quanto deveria — ou poderia — ser.

Quiz

Você se sente fisicamente excitado pela intensidade do desejo do seu parceiro por você?

Você se pega fantasiando sobre atos sexuais diferentes com seu parceiro?

Você se sente física e emocionalmente exausto após o sexo?

O desejo erótico é um tema frequente no seu relacionamento?

Você às vezes sente uma dorzinha gostosa ou um medo excitante durante o sexo?

Você se perde com regularidade ao representar um papel erótico, durante sexo moderado ou selvagem?

Você se imagina sendo "usado" pelo seu parceiro ou usando-o durante o sexo?

Você usa apetrechos sexuais para estimular ainda mais todos os seus sentidos durante o ato sexual?

Seu parceiro às vezes parece uma pessoa diferente durante o sexo? E você?

Você delira com a expectativa do que o seu parceiro vai fazer em seguida?

Se você ou o seu parceiro responderam "não" a qualquer uma dessas perguntas, não estão sozinhos. Muitos casais sentem que o sexo perdeu seu impacto erótico e, se vocês são um desses, chegou a hora de adicionar algumas armas pervertidas ao seu arsenal sexual. Pensando bem, esqueça o "algumas" e adicione um montão delas. Moderação é para puritanos sexuais. Você encontrará neste livro *cinquenta* ferramentas de arrepiar para esquentar sua vida sexual, descaradamente tiradas do mundo BDSM — *Bondage*, Dominação, Sadismo e Masoquismo. Essas ideias devassas com certeza vão ajudá-lo a soltar a imaginação e deixar os nervos à flor da pele como nunca. Pois, apesar de sua reputação depravada, são elementos essenciais para uma vida sexual saudável, mesmo para pessoas certinhas.

Por alguma razão, o romance e o amor suave têm, de um modo geral, o monopólio do sexo. Claro, sexo deve ser carinhoso e significativo. Mas isso não quer dizer que vocês vão ter sempre de olhar fundo nos olhos um do outro ou se mover como se fossem um só naquela famosa posição papai-mamãe. Sabe-se que o sexo consensual selvagem e violento, apimentado por uma boa pitada de perversão e práticas BDSM altamente sensoriais, não faz parte da vida sexual de muitos casais, e diversos parceiros estão insatisfeitos por causa disso. Reclamam de uma vida sexual rotineira e sem graça e querem algo mais forte, mais acelerado, algo que os consuma com desejo, excitação e satisfação. Querem uma injeção erótica em suas vidas cotidianas que os faça ansiar pelo cair da noite.

Carícias suaves e luz de vela nem sempre têm esse efeito. É por isso que nunca sugiro filmes românticos para esquentar uma relação. Não posso pensar em nada mais previsível. O que recomendo são os filmes de terror. Eles, sim, aceleram a pulsação e provocam descarga de adrenalina. Fazem você prender a respiração esperando o golpe do machado. Trazem energia e empolgação para a sua noite. Pense neste livro como uma bofetada de um filme de terror em oposição ao tapinha de um romance "água com açúcar". Chame seu parceiro para curtir a leitura a seu lado, tendo a certeza de que vocês não correm nenhum risco de pegar no sono.

Capítulo 1
Um quarto vermelho de prazer e dor

Não faz muito tempo, tive a oportunidade de visitar a trabalho um prostíbulo legalizado em Nevada. Uma prostituta de cinta-liga e salto alto percorreu comigo as instalações, e diversas profissionais me mostraram seus "quartos", que podiam decorar como bem quisessem. O apelo irresistível daquele ambiente se tornou tangível no momento em que pus os pés naqueles cômodos.

Todos os quartos tinham sido decorados no estilo clássico dos bordeis. As paredes foram pintadas de cores ousadas, fortes e profundas — como vermelho-escarlate ou vinho, verde-esmeralda ou um roxo muito, muito escuro. Quase todas as camas king-size tinham um dossel, com uma cortina que pendia lá de cima para envolver a cama, criando um ambiente ainda mais privativo e sensual. Os lençóis eram de cetim, e o ar exalava um cheiro inebriante de incenso. Não havia como ter dúvida quanto ao que deveria acontecer naqueles quartos. Aquelas mulheres eram profissionais em criar o clima certo.

Dê uma olhada no seu quarto. O que você vê? Um cesto cheio de roupas sujas? Uma bicicleta ergométrica num dos cantos? Uma pilha de contas a pagar em cima da penteadeira? O laptop na escrivaninha? Lençóis bege com florezinhas? Provavelmente, seu quarto não seria menos sexy se você levasse a privada para lá e ficasse sentado na tampa cortando as unhas do pé na frente da pessoa que você deveria estar seduzindo.

É hora de transformar esse seu quarto sem graça num boudoir apimentado. Livre-se de tudo que não grite "sexo". Jogue fora toda a cautela e as revistas de decoração e pinte a parede com uma cor bem quente para criar instantaneamente um ambiente estimulante. Acrescente um dossel sobre a cama, um daqueles com cortinas que escondam você e seu parceiro. Jogue fora aquelas persianas verticais finas e pendure, no lugar delas, cortinas de veludo com cores fortes, que bloqueiem o mínimo raio de luz. Coloque um tapete exuberante sobre aquele piso laminado "tão prático". Já é um quarto bem mais excitante, não é?

Ora, se seu novo quarto está agora desempenhando também a função de playground de adultos, ele deveria ter uma "caixa de brinquedos" na qual você pudesse esconder — e trancar com chave se necessário — alguns dos seus brinquedinhos BDSM. Compre um baú antigo num bazar e pinte-o com spray vermelho-escarlate ou preto brilhante. Ou, então, arrume uma caixa de papelão dura com tampa e forre-a com veludo roxo. Enquanto você estiver lendo sobre as diversas maneiras de brincar, vai ter algumas ideias sobre o que vai querer pôr dentro dessa caixa de brinquedos (ver capítulo 29).

Capítulo 2
Dominação e submissão sexuais

Desequilíbrio de poder — que pode ou não se restringir ao ambiente do quarto — é um ingrediente importante da prática BDSM, com um parceiro desempenhando o papel de dominador (ativo), e o outro o de submisso (passivo). Um desequilíbrio declarado e consensual de poder é diferente do abuso de poder, e muitos dominadores se deleitam na liberdade e na autoridade de controlar as atividades eróticas de seus parceiros.

Da mesma forma, os submissos adoram o abandono sexual que vem com a perda do controle do seu corpo e de suas ações. Há um erotismo intenso e animal que acompanha tal vulnerabilidade. Para muitos homens e mulheres, esse tipo de prática é a única oportunidade que têm na vida de experimentar a sensação de tomar o poder ou abrir mão dele e desfrutar de seus desejos e fantasias sexuais livremente; entretanto, os praticantes devem aderir à doutrina BDSM da atividade sexual Segura, Saudável e Consensual (SSC).

Dominadores masculinos geralmente são chamados de Dom ou Mestre, e as femininas de Domme ou Dominatrix. Já os submissos podem ser chamados de servo/escravo ou bicho de estimação. Enquanto alguns casais curtem tais títulos honoríficos ou fantasiosos, muitos casais comuns que mergulham no BDSM preferem brincar com os poderes dinâmicos sem esses rótulos. Os níveis em que um casal incorpora as convenções e os conceitos BDSM a seu relacionamento é algo pessoal. Devem ser moldados para suas preferências e sensibilidades particulares.

Os casais também devem decidir sobre os "limites" do seu jogo de poder e da cena BDSM. O que é proibido? Quais são as preferências? O que dá para negociar? O BDSM geralmente define como "limites duros" as atividades estritamente fora dos limites, enquanto "limites brandos" são atividades que alguns farão — ou receberão — a seu critério ou quando muito excitados. O limite positivo é uma preferência particular de um dos parceiros, uma atividade que ele sempre pede, quer seja dominador ou submisso. Um limite de tempo também pode ser estabelecido, girando em torno de dez minutos ou de um fim de semana inteiro.

Comunicação é essencial para uma prática BDSM segura, consensual e respeitosa. Uma vez que esse tipo de atividade sexual envolve elementos de resistência, os casais têm de escolher uma "palavra de segurança". Deve ser uma palavra ou uma frase determinada que o submisso possa pronunciar para interromper imediatamente a prática. Alguns submissos podem também ter uma palavra de alerta para indicar que a prática está se aproximando de um limite físico ou moral, instruindo assim o dominador a tomar outro rumo.

Os casais podem fazer dessa pré-produção essencial uma brincadeira, trocando fantasias sexuais sobre a experiência BDSM que desejam ter, incluindo as expectativas de ambos. Essa é uma aproximação divertida para responder a algumas perguntas importantes e para ter *insights* vitais sobre os desejos, expectativas e limites do outro. Quando aninhados na cama, um parceiro pode desafiar o outro a inventar uma história erótica para uma cena BDSM. Outra possibilidade é escrever uma história no computador, criando uma narrativa suculenta de literatura erótica, ao mesmo tempo informativa e excitante (ver capítulo 46). É essencial que os parceiros compreendam o que agrada a ambos no quesito submissão e dominação, bem como o que não agrada.

Capítulo 3
Adiando o clímax sexual

Hoje em dia, o prazer sexual gira em torno da satisfação instantânea. Rapidinhas são supervalorizadas e sexo virtual está a apenas um clique de distância. O BDSM segue por uma via mais lenta e sensual. Constrói a antecipação erótica, deleita-se com cada sensação física e prolonga a experiência sexual para intensificar o momento do orgasmo. Para aproveitar o BDSM ao máximo, o dominador deve adiar o clímax do submisso — e o seu próprio — pelo tempo que puder, fazendo ou não uso de apetrechos que controlam o orgasmo (ver capítulos 28 e 33).

Para isso, os parceiros devem estar excepcionalmente sintonizados entre si. O dominador precisa observar a linguagem corporal do submisso, ouvir seus gemidos e perceber em que momento do ciclo de excitação seu parceiro está. Nesse sentido, o BDSM ajuda os amantes a se tornarem mais intimamente conectados e conscientes das experiências e dos desejos sexuais do outro. Apesar de sua reputação sombria, muitos casais acham que a prática BDSM não se concentra apenas em amarras (ou tabus) sexuais, mas que é fundamental para a criação de laços entre os parceiros.

Ideias específicas para adiar o clímax, como cócegas (ver capítulo 32), tortura erótica (ver capítulo 33), entre outras, podem ser encontradas ao longo deste livro; entretanto, seguem algumas ideias gerais.

Assistir ao programa de tevê favorito na cama, limitando as atividades sexuais — tais como beijos, carícias ou mesmo sexo oral — aos intervalos comerciais. Pare no momento em que o programa voltar ao ar;

Dormir em quartos separados durante uma noite — não por raiva, mas para aumentar o tesão;

Fazer um acordo prévio sobre o tempo de espera até o orgasmo. Duas horas não é muito, desde que você tenha algumas ideias de como passar o tempo. Por exemplo, trinta minutos de massagem erótica e beijos, vinte minutos de sexo oral, vinte minutos para cobrir o corpo do parceiro de beijos, vinte minutos fazendo uso de brinquedinhos eróticos e trinta minutos de penetração, interrompida sempre que necessário para prolongar a experiência.

Capítulo 4
Restrição comportamental e jogos mentais

Talvez você já tenha ouvido falar que a mente é nosso órgão sexual mais importante. Os praticantes de BDSM sabem que isso é verdade. Dominadores frequentemente farão uso de manipulação mental em submissos — o suprassumo da trepada mental — para exercer controle e construir a expectativa erótica. Na verdade, a troca de poder entre os parceiros tem de ocorrer na mente antes de ocorrer no corpo. No jogo mental, o submisso pode pedir permissão ao dominador para cuidar de atividades não sexuais, tais como preparar uma refeição ou dar um telefonema, e essa permissão pode ser concedida por um dia ou por um prazo mais longo. Isso reforça a sensação de desequilíbrio de poder e prepara o palco para a prática sexual BDSM.

Para acrescentar uma dimensão psicológica à prática sexual e explorar ainda mais as dinâmicas de controle, o dominador pode ordenar que o submisso se refira a ele por determinado título (ver capítulo 2) ou realize certas tarefas. Essa é uma ótima oportunidade para fazê-lo consertar aquela torneira que está pingando. O dominador pode também fazer o submisso — nu, amarrado e vendado — esperar longos períodos antes de dar início ao ato sexual: isso aumenta a expectativa e o temor do submisso, permitindo que ambos os parceiros incorporem seus papéis.

Capítulo 5
Restrição e *bondage* entre quatro paredes

Restrição física é uma marca registrada da prática BDSM. Ela pode ser realizada por meio de uma variedade de apetrechos de *bondage*, incluindo algemas para pulsos e tornozelos, coleiras, correntes, cordas, imobilizador de braços, barra espaçadora de pernas e equipamento de suspensão (ver capítulos 29 e 34). Tais itens proporcionam um enorme impacto visual ao jogo sexual, já que o dominador pode curtir uma visão inédita de seu parceiro em posições indefesas e por vezes humilhantes. Ao mesmo tempo, o submisso pode saborear a sensação de ser eroticamente explorado e sexualmente controlado. Iniciantes podem querer investir em um kit com alguns dos itens básicos do BDSM, tais como algemas, chicote ou palmatória e uma venda.

Uma forma ainda melhor de começar sua coleção é comprar um sistema de restrição que se prende ao colchão. Geralmente ele vem com faixas ajustáveis e quatro algemas, para os pulsos e tornozelos. O sistema permite diversas posições corporais, desde a *spread-eagle* (com braços e pernas abertos) até outras posições de pernas e braços bem-amarrados, o que, por sua vez, se presta a uma quantidade ilimitada de opções de sexo BDSM. Esse sistema de restrição para a cama, bem como o "kit *bondage* para o quarto" estão disponíveis nos sex shops maiores ou nos especializados e também em diversas lojas online.

Para ficar satisfeito com a sua compra, leia um bom número de comentários dos usuários online antes de comprar esses ou quaisquer outros apetrechos ou produtos sexuais. Você também deve checar a composição do produto e o local de fabricação. Os norte-americanos e os europeus — de um modo geral — são feitos com materiais mais seguros e de melhor qualidade. Comprar online geralmente é uma opção mais rápida do que você imagina e os produtos costumam ser embrulhados de forma discreta.

Se não quer investir num sistema "profissional" de *bondage* — ou se você é tímido demais para encarar o sorrisinho cúmplice do vendedor do sex shop — pode improvisar um sistema baratinho de restrição preso à cama, como esse:

- Compre quatro pedaços de corda de algodão em uma loja de ferramentas ou de material de construção. Se você tem uma cama king-size, cada pedaço deve ter por volta de dois metros e meio. A corda de algodão é suave, flexível e tem menos chances de causar escoriações, e é por isso que fazendeiros costumam usá-la para laçar animais. Se ela é capaz de conter um cavalo chucro, pode conter um submisso se contorcendo;
- Una as quatro extremidades das cordas, amarrando-as com um nó;
- Remova o colchão da cama e ponha a corda sobre o estrado com o nó de quatro pontas no meio. Estenda cada corda em direção às quinas da cama;
- Coloque o colchão de volta no lugar;

- Puxe as quatro cordas para cima do colchão. As pontas podem agora ser amarradas aos pulsos e tornozelos para conter o submisso na posição *spread-eagle*.

Esse sistema improvisado de restrição sob a cama deve quebrar o galho, mas se sua cama possui uma cabeceira e um suporte para pés, é mais simples amarrar a corda aí para atar um submisso na posição *spread-eagle*. No entanto, sempre que for improvisar, certifique-se que o material usado não vai machucar seu parceiro. No caso da amarração, também tenha em mente que será preciso soltá-lo rapidamente caso ocorra alguma emergência.

Capítulo 6
Bondage japonês

Embora os dominadores possam usar qualquer coisa — desde uma algema de ferro até uma coleira de cachorro — para amarrar um submisso, a arte refinada das cordas japonesas dá um toque de sofisticação ao *bondage*, com o uso de cordas longas e suaves, normalmente feitas de cânhamo, juta ou linho. Esses materiais provocam uma sensação prazerosa contra a pele nua. São também bastante flexíveis e dificilmente causarão escoriações; entretanto, uma corda de algodão comum de boa qualidade tem o mesmo efeito (ver capítulo 5). São diversos os objetivos da arte erótica da corda de *bondage*: a restrição pode ser combinada com traçados intricados e eróticos feitos no corpo do parceiro submisso para que o visual seja tão agradável quanto a sensação.

Apesar de serem necessários anos de estudo e prática para se dominar essa forma de arte sexual, os iniciantes podem aproveitar o básico comprando dois pedaços de corda macia de boa qualidade. O primeiro pedaço deve envolver a parte superior do tronco da submissa, comprimindo seus seios e imobilizando seus braços na lateral do corpo ou em um móvel como a cabeceira de uma cama ou os braços de uma cadeira. O segundo pedaço deve envolver as pernas dela para mantê-las unidas ou separadas e presas ao pé da cama ou aos pés de uma cadeira. A posição das pernas —

unidas ou separadas — depende do tipo de atividade sexual que se tem pela frente.

Na medida em que os casais vão se sentindo mais familiarizados com a prática BDSM, podem começar a experimentar algumas posições mais complicadas do ponto de vista físico e com uma encenação mais rebuscada do ponto de vista erótico que possam ser feitas com o uso de uma corda (ver capítulos 34 e 35).

Capítulo 7
O Império Otomano

Nenhum *boudoir* de *bondage* está completo sem uma daquelas banquetas bem estofadas que se põem ao pé da cama, as chamadas otomanas, com uma aparência tão inocente. A peça de mobiliário versátil permite que o casal se envolva em um sem-número de atividades BDSM. Quando for escolher uma, certifique-se de que seja baixa e longa o suficiente para que um dos parceiros possa deitar nela com boa estabilidade, e, ainda assim, estreita o bastante para que o outro parceiro possa montar nela a cavalo com relativa facilidade e mobilidade.

O parceiro submisso, feminino ou masculino, ficará deitado de costas enquanto o dominador o amarra ao móvel com uma corda. Elementos do *bondage* japonês podem ser utilizados, a fim de que a corda envolva o corpo do submisso em vez de apenas amarrar os seus pulsos e tornozelos. Os braços do submisso devem estar presos à lateral do corpo. Se ele é homem, as pernas devem ser mantidas fechadas; se é mulher, as pernas devem ser mantidas ligeiramente abertas para permitir a penetração.

Com o submisso amarrado nesta posição vulnerável, o dominador monta na banqueta para ficar em cima do parceiro. Nesta posição, o dominador pode baixar o corpo na altura da boca do submisso, a fim de receber sexo oral, e depois deslizar até o órgão sexual para a penetração.

Capítulo 8
Sexo na vertical

Bondage suspenso é uma forma de BDSM em que o dominador põe o submisso em algum tipo de sistema ou dispositivo que o mantém na posição vertical e ereta, e então realiza atos sexuais no corpo do parceiro, que tem os movimentos inteiramente limitados. A prática requer habilidades e equipamento adequados, o que pode sair caro, ser complicado e até perigoso para os inexperientes; entretanto, os iniciantes em BDSM que não quiserem investir em um aparato completo podem reproduzir a emoção de fazer sexo na vertical prendendo o parceiro no chuveiro. Uma das maneiras mais sensuais de restringir os movimentos de um submisso é amarrar seus braços acima da cabeça, deixando seu corpo totalmente vulnerável. Amarrar as mãos de um submisso à haste de um chuveiro bem preso à parede pode imitar essa posição inspirada na suspensão, pois alonga o corpo, limita a resistência, maximiza a sensação de exploração e expõe a pele esticada do torso, que fica altamente sensível. Mas só faça isso se seu chuveiro não for elétrico e se ele estiver bem preso à parede, para que você e seu parceiro não corram o risco de se machucar. Certifique-se ainda de que o submisso esteja com os dois pés firmes no chão, o que dá mais segurança a essa prática.

Com o submisso nessa posição, o dominador pode realizar torturas eróticas à vontade (ver capítulo 33), usando as próprias mãos ou as do parceiro, a boca ou um brinquedinho sexual. Por exemplo, uma dominadora pode praticar sexo oral no seu submisso apenas o suficiente para deixá-lo em agonia; o Mestre, por sua vez, pode penetrar sua submissa, em pé, com o próprio pênis ou com um vibrador. Depois, podem entrar debaixo do chuveiro para fazer sexo na água. Um lubrificante à base de silicone é indicado para facilitar a penetração debaixo da água.

Outra maneira fácil e econômica de restringir um submisso com as mãos para o alto é usar "algemas" de porta. Trata-se de tiras que caem do alto da porta e são presas ao fechá-la. Esse é um item discreto e necessário, com o qual você pode amarrar os pulsos do seu parceiro, facilitando muitas atividades BDSM.

Capítulo 9
Faça pressão

Nem toda prática de restrição sexual exige equipamento de *bondage*. Às vezes, o peso do corpo do parceiro já é suficientemente estimulante. Isso é verdade sobretudo para as submissas que gostam de sentir pressão e de se sentirem "possuídas" pelo seu parceiro. Isso permite que ambos se entreguem às suas fantasias de força.

Embora seja um grande tabu, se consensual, a fantasia de força é um elemento popular na vida sexual de muitos casais, tanto entre a sociedade em geral quanto entre a comunidade BDSM. Esse tipo de escapismo erótico permite que os dominadores masculinos se soltem e cedam aos desejos mais básicos e primitivos, ao mesmo tempo que a mulher curte a força e a sexualidade brutas do parceiro. A mulher pode gostar do sexo mais bruto sem culpa. Afinal, ela não teria mesmo forças para resistir, então não tem opção senão ser usada e experimentar sensações sexuais.

As fantasias de força BDSM operam numa escala que vai do morno ao escaldante. Iniciantes podem desejar se limitar a restrições corporais básicas. Por exemplo, o dominador masculino pode puxar o cabelo da parceira submissa para mantê-la em determinada posição enquanto a penetra. Pode também pressionar seu corpo contra a parede ou se inclinar sobre ela em cima de uma penteadeira. Já o parceiro submisso pode imaginar que ingeriu alguma droga que o deixou temporariamente paralisado e incapaz de resistir às investidas sexuais indesejadas de sua dominadora. Pobrezinho.

Capítulo 10
Sexo e privação sensorial

É uma ciência complicada: quando uma pessoa perde um de seus sentidos, os outros são aguçados. A visão é provavelmente o sentido mais fácil de restringir durante o sexo, e vendas são itens indispensáveis na gaveta da mesinha de cabeceira de qualquer adepto do BDSM. A mulher pode querer usar uma meia de seda para cobrir os olhos de seu parceiro submisso, talvez borrifando nela algum perfume para provocar as narinas que estão logo ali. Homens dominadores podem usar uma gravata com uma gota de colônia — uma escolha masculina bem sensual.

Cenas de privação de sentidos são populares na prática BDSM. Focinheiras, mordaças e capuzes — alguns com abertura para a boca, outros com zíperes ou totalmente fechados — são muito usados para restringir a fala, a visão e a audição do parceiro submisso. Para os casais em geral ou para os iniciantes no BDSM, que podem achar capuzes de couro assustadores demais, um nível satisfatório de privação de sentidos pode ser obtido simplesmente cobrindo o rosto do submisso com o lençol. Isso cria uma sensação desconhecida de anonimato e expectativa em ambos os parceiros.

Capítulo II
Prazer e dor

O coquetel clássico BDSM é uma mistura picante de prazer e dor. Normalmente o parceiro dominador fica excitado pelo sadismo, ou o ato de infligir dor ao outro. O submisso sente tesão em sentir dor, uma qualidade do masoquismo. Em um bom BDSM, há um equilíbrio perfeito entre provocar e sentir dor durante a atividade sexual. Com isso, as sensações físicas e mentais do sexo são potencializadas. O corpo está explodindo com sensações intensas, e a mente oscila com o desequilíbrio de forças entre o dominador e o submisso. Amantes que desejem incorporar elementos de dor e prazer em suas vidas sexuais devem conversar previamente sobre seus desejos e limites, bem como sobre a segurança e as precauções necessárias (ver capítulo 2).

Capítulo 12
Spanking

Spanking é uma prática comum que combina prazer e dor, ou sadismo e masoquismo, ao mesmo tempo que amplia as dinâmicas de controle entre os praticantes do BDSM. O dominador pode bater no submisso de diversas maneiras: incliná-lo sobre seus joelhos ou sobre um móvel, de bruços, de costas, de quatro ou mesmo de pé. A restrição com um equipamento de *bondage* pode aumentar ainda mais a excitação e a exploração sexual.

O *spanking* intensifica o prazer sexual ao elevar o fluxo sanguíneo na parte traseira e na região genital. Ele gera uma "queimação" que aumenta a estimulação genital e aguça a excitação. Embora não seja necessário mais do que uma mão espalmada para um tapa, instrumentos especiais de *spanking* dão a essa experiência uma sensação extra, uma espécie de ineditismo. As marcas do algoz deixam um símbolo ou uma palavra na bunda do submisso, enquanto a chibata garante uma ferroada afiada. Peças mais planas — feitas de couro ou de camurça — têm maior versatilidade e cobrem uma superfície mais extensa.

Instrumentos improvisados de espancamento podem ser encontrados nas gavetas da sua cozinha. Espátula, batedor de ovo, colher de pau — todos esses utensílios funcionam. Se você é tímido demais para percorrer o corredor de objetos de *spanking* de um sex shop, pode, sem culpa alguma, passear por uma loja de artigos de cozinha para escolher diversos "brinquedinhos". Utensílios de cozinha, como espátulas e batedores de ovos, vêm em vários formatos, tamanhos e materiais, do plástico ao metal, e cada um deles gera uma sensação de espancamento diferente. Outro objeto que funciona bem para essa prática é a raquete de pingue-pongue revestida de borracha.

Durante o espancamento erótico, o dominador deve alternar a força dos golpes — às vezes mais fortes, às vezes mais fracos — para manter o submisso em um estado de expectativa incerta. O dominador deve também interromper as sessões de *spanking* para acariciar carinhosamente a bunda do submisso. Isso muda rapidamente o clima erótico, passando do *spanking* à ternura amorosa — exatamente o tipo de jogo mental que os parceiros BDSM adoram praticar.

Capítulo 13
Apetrechos de açoite

Enquanto palmatórias e raquetes são para golpear o traseiro, instrumentos de açoite como chicotes e varas podem provocar impacto em outras áreas do corpo. Chicotes de couro ou de camurça propiciam um toque mais suave; chicotes de borracha, por sua vez, são melhores para produzir a sensação cortante e de queimação que muitos praticantes do BDSM adoram. Chicotes com franja são os melhores, uma vez que proporcionam uma maior variedade de estímulos. Varas podem ser feitas de bambu, junco, plástico ou mesmo de aço inoxidável e o impacto que produzem é mais intenso e concentrado. Cuidado apenas com a força dos golpes para não ferir seu parceiro.

Mais uma vez, objetos cotidianos podem ser usados como instrumentos de açoite. Você pode começar percorrendo a seção de flores de uma loja de artesanato, onde encontrará uma ampla variedade de espigas de trigo e outros ramos de flores secas, comumente utilizadas na decoração de casas. Diferentes tipos de plantas — de capim a folha de palmeira — produzirão sensações de açoite distintas, e essa descoberta já é metade da diversão mental.

Os submissos devem ser imobilizados durante o açoite. Uma vez que os chicotes são projetados para o jogo de sensações do corpo inteiro, o dominador deve vendar seu submisso antes de começar. O dominador pode arrastar levemente as franjas do chicote pelo corpo do submisso a partir do peito, provocando os mamilos, roçando a genitália e depois descendo pelas pernas, deixando um rastro de pele arrepiada. Esta sutil, porém maravilhosa, resposta corporal pode ser apimentada com alguns golpes mais fortes do chicote no tronco ou nos membros do parceiro. Se as pernas do submisso estiverem abertas, o dominador pode açoitar seu órgão genital com as franjas do chicote, a princípio gentilmente e logo com tanta força quanto desejar o submisso.

Capítulo 14
Mordidas e arranhões de amor

Por que os vampiros são tão sexys? Porque vivem durante a noite, se vestem de preto, exalam perigo e mordem aqueles a quem desejam. Há um motivo para serem a fantasia de amantes "malvados" de dezenas de esposas comportadas. Eles sabem como criar o clima e não largam as meias sujas no chão da sala.

Vampiros mordedores de pescoço são o que há de mais novo no BDSM. Muitas mulheres e homens consideram que a área da garganta, incluindo as laterais do pescoço e a nuca, é extremamente erógena, perdendo apenas para o órgão sexual. Quando estimulada com beijos, dissemina excitação por toda parte. Quando mordida, picos de prazer e dor percorrem o corpo, enviando mensagens de desejo e medo.

A mordida erótica deve ser aplicada quando o submisso está em um estado de excitação total ou parcial, a fim de que possa suportar uma pressão maior quando a prática começar. O dominador deve alternar entre mordidas mais breves e mais longas, mais fortes e mais suaves. Claro, deve-se sempre ter cuidado para não ferir a pele, pois o local pode infeccionar. Diferentemente do Drácula, o dominador não precisa se restringir à área do pescoço. Pode morder os ombros e descer pelos lados do corpo. Antes de morder o mamilo de uma submissa, porém, o dominador deve beijar e mordiscar gentilmente a auréola (área que envolve o mamilo) para excitá-la e prepará-la para uma atenção mais intensa.

Descendo pelo corpo do submisso, o dominador pode morder os quadris e as coxas. Morder esta área pode elevar a excitação rapidamente, de modo que o submisso em pouco tempo desejará o contato genital. O dominador pode morder de mansinho os lábios da vulva da submissa antes de mordiscar com suavidade seu clitóris. Isso deve ser feito esporadicamente, para que a submissa não chegue ao orgasmo antes da hora. O dominador pode combinar e prolongar o prazer que a submissa tem em ser torturada, introduzindo de vez em quando a língua ou o dedo na vagina dela.

O arranhão sensual é outra forma pela qual o dominador pode proporcionar dor prazerosa ao seu submisso e dar início ao jogo de sensações. A dominadora pode arranhar com suas unhas compridas as costas e o traseiro do submisso. O dominador pode usar alguma ferramenta, como um simples coçador de costas, uma escovinha ou mesmo uma bucha vegetal áspera. Também pode usar um item de especialista, com pontas de aço inoxidável, que se acoplam aos dedos do homem, para que ele possa arranhar o corpo da parceira submissa.

O *Kama Sutra* — manual ancestral de sexo — adiciona um toque especial aos arranhões. Ele sugere que, quando a relação sexual estiver se tornando mais intensa, um dos parceiros deve pressionar as unhas na pele do outro. A pressão das unhas provoca uma sensação localizada e deixa uma marca que permanece sensível durante algum tempo. O *Kama Sutra* recomenda que se pressionem as unhas no pescoço, tórax, umbigo, traseiro e coxas. Mais antigo manual de sexo do mundo, o *Kama Sutra* tem muito a dizer sobre sexo altamente sensorial e sobre o "estado extático" em que amantes consensuais que estão "cegos de paixão" podem se envolver. É, portanto, um livro de cabeceira interessante para casais praticantes de BDSM, especialmente aqueles que preferem *thrillers* a romances.

Capítulo 15
Brinquedos e pinça de mamilos

Pinça de mamilos é um brinquedo erótico do BDSM. Seu propósito é fornecer estímulo sem o uso das mãos, pressionando os mamilos do submisso, enquanto o dominador dá prazer a outras partes do seu corpo. As pinças podem ser simples ou não. As simples são chamadas "pinças jacaré" e têm pressão ajustável. Os outros modelos têm o formato de um minitorno. Algumas delas vibram para que o estímulo seja mais intenso.

Outro brinquedo erótico comum à prática BDSM são sugadores que se acoplam ao mamilo para criar um efeito de aspiração ou de vácuo, que simula a sucção da boca do parceiro. Bombas ou cilindros de mamilo são também itens populares. Eles geram uma sensação de sucção prazerosa enquanto aumentam o tamanho do mamilo para torná-lo mais ereto e sensível.

Embora pinças de mamilos sejam geralmente utilizadas por um dominador masculino em uma submissa, algumas dominadoras o usam para provocar dor — ou até prazer — no parceiro submisso. Um parceiro amarrado, "vestindo" apenas pinças de mamilos, fornece uma visão nova e excitante para o dominador. Este pode segurar a pinça do submisso, sobretudo as compridas ou as dotadas de corrente, usando-a para guiar ou castigar o parceiro.

Se o dominador quiser sujeitar o submisso a um estímulo mamilar sem o uso de nenhuma ferramenta, pode tentar um gel, um creme ou uma loção próprios para esse fim. Eles geram um formigamento bastante sensual e muitos têm um sabor que agrada o paladar do dominador.

Como acontece com todos os brinquedos ou utensílios BDSM, também para estes existem alternativas econômicas. Você só precisa de um pouco de imaginação. Por exemplo, pregadores de roupa de madeira ou clipes de plástico podem servir como pinças de mamilos. E você se lembra da ida à loja de utensílios de cozinha (ver capítulo 12)? Existem pegadores de cozinha de diversos formatos e materiais. Os de plástico ou de borracha são os melhores uma vez que apresentam menos riscos de perfurar a pele.

Capítulo 16
Sinta o calor

O BDSM quer fornecer sensações extremas e inesperadas ao corpo do submisso. Baseia-se na expectativa erótica, na descoberta súbita e no impacto sexual que turva a distinção entre a sensação prazerosa e a desagradável. Brincadeiras com vela e cera são práticas particularmente atraentes tanto para os iniciantes quanto para os especialistas em BDSM. O que se faz é pingar cera quente na pele nua do submisso e observar o súbito choque de dor transformar-se em prolongado prazer.

Se você é novo nessa brincadeira, escolha uma vela de cera de soja destinada a jogos eróticos. Estas derretem a uma temperatura segura e, diferentemente das velas feitas de cera de abelha ou de parafina, não queimam a pele. Muitas têm um cheirinho delicioso. Algumas são feitas de uma cera que, uma vez derretida, pode ser usada como óleo de massagem e esfregada na pele do submisso para espalhar calor.

Para começar, o dominador pode amarrar o submisso, de costas, na cama. Outra possibilidade é imobilizá-lo em posição sentada, com os pulsos e tornozelos amarrados à cadeira. O submisso deve ser vendado antes de tomar consciência dos planos do dominador. Este deve mover-se silenciosamente para deixar a vela queimar até que se forme uma poça de cera derretida, e então — sem qualquer aviso — deve pingar um pouco da cera quente na pele do submisso. Por ser uma região de muita sensibilidade, os órgãos genitais devem ser evitados.

Capítulo 17
Gelo também é legal

Quando aplicadas na pele nua e excitada, temperaturas extremas podem intensificar o estímulo sexual. Em uma das atividades favoritas do BDSM, o dominador desliza um cubo de gelo por todo o corpo do submisso. O dominador pode traçar um caminho de gelo começando pelo pescoço do submisso, descendo pelo peito e pelo umbigo, e passando acima e ao redor do órgão sexual de ambos os sexos. O dominador masculino deve dedicar uma atenção especial ao torso da parceira, passando o cubo de gelo bem devagar no contorno dos seios e depois fazendo um movimento circular na auréola, para só então levar o gelo até o mamilo.

Esse tipo de brincadeira com a temperatura pode ser intensificada pela alternância entre a experiência do cubo de gelo e a da cera quente derretida (ver capítulo 16). O contraste entre calor e frio também pode ser explorado ao se colocar uma bolsa de água quente em uma parte do corpo — os seios, por exemplo — e depois retirá-la para passar um cubo de gelo na mesma região. O dominador pode ainda fazer com que o submisso deite ou sente na bolsa de água quente, para depois passar um cubo de gelo na sua genitália. Só tome cuidado para não esquentar demais a bolsa, pois ela pode queimar seu parceiro. A ideia é apenas brincar com a mudança brusca de temperaturas, gerando uma sensação prazerosa.

A brincadeira do gelo pode ainda complementar as atividades de *spanking* e açoite (ver capítulos 12 e 13). Depois de infligir um ou outro desses tratamentos ao submisso, o dominador pode usar um cubo de gelo na área da pele que foi golpeada ou açoitada. Não é apenas prazeroso como também diminui o inchaço.

Capítulo 18
Brinquedos de vidro, brincadeiras de temperatura

Outra forma de brincar com a temperatura é usar brinquedos de vidro. Geralmente de pirex, eles podem reter o calor e o frio, são hipoalergênicos e super-higiênicos. Feitos em diversos formatos, tamanhos e cores, são objetos de desejo do mercado do sexo. Aliás, muitos brinquedos de vidro mais parecem peças de arte veneziana que brinquedos eróticos.

Varas de vidro, vibradores e sondas — a maioria projetada para estimular o ponto G da mulher ou a próstata do homem — podem ser facilmente encontrados e frequentemente potencializam as curvas e protuberâncias motivadoras de prazer. Os praticantes do BDSM devem ter dois à mão: um para aquecer e outro para resfriar.

Para curtir a brincadeira de temperatura, o parceiro submisso deve estar amarrado e vendado, de preferência de costas. Um sistema de imobilização sob a cama (ver capítulo 5) é ideal para esse tipo de atividade, uma vez que permite ao dominador manter o corpo do parceiro submisso na posição *spread-eagle*: as pernas abertas, permitindo o acesso à genitália e também expondo uma vasta área a ser estimulada. Essa posição, talvez a mais vulnerável de todas as posições imobilizadoras do BDSM, complementa a brincadeira de temperatura ao maximizar a sensação de desamparo e a expectativa do parceiro submisso.

Em seguida, o dominador deve aquecer um dos brinquedos de vidro, mergulhando-o em água morna, e resfriar o outro, em água fria ou no congelador. O dominador deve então estimular os mamilos do submisso, alternando entre calor e frio, antes de ir em direção aos órgãos sexuais para fazer o mesmo. Pode ainda passar a ponta da vara de vidro morno em volta do clitóris da parceira submissa e, depois, fazer o mesmo com a ponta da vara fria. Também pode estimular o clitóris com a extremidade da vara morna ao mesmo tempo que introduz a gelada na vagina — e em seguida trocar as varas para inverter as sensações térmicas.

A dominadora pode deslizar a vara morna ao longo do membro ereto do parceiro submisso e, simultaneamente, fazer movimentos circulares com a vara fria na glande (cabeça) do pênis. Em seguida, deve trocar as varas para inverter a sensação de temperatura. Pode também estimular os testículos do parceiro ao passar primeiro a vara morna e depois a fria, por baixo e em volta deles. Um lubrificante à base de água pode ajudar a vara a deslizar mais suavemente pela genitália.

Se os brinquedos de vidro são extremamente prazerosos, também são caros. No entanto, como vidro é um material muito perigoso, melhor não usar um de qualidade ruim. É preciso que se tenha em mente que nem todos os vidros são resistentes a mudanças de temperatura — os mais baratos ainda menos —, portanto, não use em seus brinquedos desse material água quente direto da torneira ou água fervente. O vidro pode trincar e arranhar a pele ou a genitália.

Capítulo 19
Falando sacanagem

Você acha que falar sacanagem é basicamente girar em torno daquela palavra que começa com a letra *F*? Pense um pouco. A linguagem erótica é um elemento necessário e excitante da vida sexual. Não se limita a palavrões, embora a escolha de palavras sujas possa sem dúvida atrair a atenção do parceiro. Geralmente, falar sacanagem está mais ligado à descrição. Um dos parceiros descreve o que está sentindo ou fantasiando, o que, por sua vez, produz uma resposta erótica do outro parceiro.

O dominador pode usar palavrões para instruir o submisso sobre quais atos sexuais executar, ou para lhe dizer os que serão realizados nele. Palavras ou nomes mais "degradantes" podem ser utilizados quando a relação mergulhar em elementos mais brutos (ver capítulo 27), com incorporação de personagens ou humilhação (ver capítulo 25). Mas o dominador não precisa fazer todo o trabalho sozinho: pode ordenar que o submisso diga palavras ou expressões que geralmente não usaria. Isso atribui ao sexo uma sensação de poder eletrizante, de vulnerabilidade e de exploração.

Apesar do seu potencial erótico, muitos casais hesitam em falar sacanagem. Alguns têm medo de parecer ridículos, enquanto outros simplesmente não sabem o que dizer. Nesses casos, talvez ajude reduzir a conversa suja a alguns elementos básicos do BDSM.

O desejo Muito antes de a brincadeira começar, o dominador pode revelar seus desejos BDSM ou seus planos sexuais para o submisso, dando-lhe assim tempo suficiente para antecipar — talvez com temor erótico — o que vai acontecer. Esse tipo de preliminar verbal constrói a expectativa e a excitação de ambos os parceiros. O dominador pode dizer uma coisa do tipo: "Vou usar você esta noite" ou "Você vai ficar toda doída quando tudo acabar". Não há razão para ser muito descritivo nesse momento. Na verdade, termos e frases sacanas em geral têm mais impacto quando usados apenas em momentos de intensa paixão.

A ordem Durante a prática BDSM o dominador pode permanecer em silêncio e simplesmente conduzir o corpo do submisso para as posições que desejar; entretanto, a maioria dos dominadores instrui verbalmente o submisso a respeito das atividades sexuais que quer realizar (ou que quer que sejam feitas nele). Um dominador pode dizer: "Abra a boca", ou então "Chupe com força".

A descrição Falar sacanagem pode ser uma maneira de os parceiros BDSM se comunicarem durante o sexo para compartilhar as experiências que cada um está tendo. Frases descritivas simples como "Isso dá uma dorzinha gostosa", ou "Que gostoso sentir sua língua no meu pau", ou então "Meus mamilos estão pulsando" são altamente excitantes de se ouvir, pois fornecem informações eróticas a respeito do que o parceiro está sentindo. Um dominador pode descrever suas próprias sensações, ou ordenar que o submisso descreva o que está sentindo.

Palavras grosseiras Alguns parceiros BDSM ocasionalmente fazem uso de palavras degradantes durante a prática. Na maior parte das vezes a intenção é depreciar o submisso a fim de complementar uma fantasia de incorporação de papéis ou para intensificar cenas BDSM. O dominador pode chamar a submissa de "puta" ou "vadia", enquanto a dominadora pode dizer ao submisso que ele "não passa de um pau". Esse linguajar não é para todos, mas certamente explora o desequilíbrio de poder e as dinâmicas de controle que caracterizam a prática BDSM. Mas é preciso que se diga que a linguagem degradante e os xingamentos podem gerar problemas emocionais e conflitos se os parceiros não estão totalmente de acordo e informados, ou se o relacionamento não é saudável e feliz. O uso de linguajar degradante pode entrar no campo da humilhação erótica (ver capítulo 25) e deve ser discutido previamente com tanta seriedade quanto as conversas sobre segurança física.

A preparação Falar sacanagem é uma forma eficaz de preparar o orgasmo, porque permite aos parceiros dizerem em que ponto estão do ciclo de excitação — ou seja, se já estão ou não chegando ao clímax — e também ajuda a ir aumentando a excitação de um dos parceiros. Um dominador pode ordenar que uma submissa atinja o clímax dizendo algo como "Quero que você goze agora" ou uma submissa pode dizer "Não posso parar. Vou gozar e vai doer muito".

A liberação Falar sacanagem durante o orgasmo fornece música de clima sexy para acompanhar ou até intensificar o clímax sexual. O dominador pode descrever o que está sentindo durante a ejaculação dizendo "Estou sentindo a porra saindo", enquanto a submissa pode dizer "É tão quentinho".

O tom de voz é outro elemento da conversa suja que deve ser levado em conta. Deve-se falar sacanagem num tom baixo, rouco e erótico. Lembre-se: você está se entregando sexualmente, não está vendendo verdura na feira. Seu tom de voz deve combinar com a situação. O dominador deve falar com autoridade sexual e confiança. O submisso deve usar um tom de deferência e, em algumas situações, de hesitação e medo.

Capítulo 20
Os sons do sexo

O BDSM pode ser um jogo árduo. Gemidos altos, gritos de dor prazerosa e respiração pesada devem preencher o quarto. Um submisso que estiver sendo "possuído" pode intensificar a experiência de ambos os parceiros ao emitir gritos ou lamentos abafados, dolorosos. Os gritos, os arquejos e os grunhidos do dominador devem complementar as suas investidas contra o corpo do submisso. A maioria dos apretechos BDSM foi projetada para adicionar um elemento auditivo ao sexo: raquetes, chicotes, correntes e mesmo roupas de látex propiciam um som bem audível para a atividade sexual.

Capítulo 21
Um jogo de poder público

A dominação erótica não precisa se restringir ao quarto. Para maximizar o impacto e a sedução do desequilíbrio de poder entre os parceiros, os casais podem, ocasionalmente, ter vontade de brincar fora de casa. Essa é uma forma aventureira de começar a preliminar BDSM.

Felizmente, a tecnologia dos brinquedos sexuais modernos pode manter o jogo de poder público tão discreto quanto devasso. Para brincar dessa forma, o parceiro dominador deve comprar para sua submissa um vibrador mini-*bullet* operado por controle remoto (ver capítulo 29). Depois, deve convidar a parceira para jantar fora e insistir para que ela introduza o pequeno vibrador em seu corpo antes de saírem. Ele, é claro, estará de posse do controle remoto. Durante o jantar, o dominador vai brincar com o controle remoto como bem entender, sujeitando sua submissa a explosões inesperadas de intenso estímulo genital. O corpo dela estará aleatoriamente incapacitado e involuntariamente excitado pelo vibrador, e com isso o dominador pode curtir o poder que exerce sobre sua parceira, mesmo estando em público.

Uma outra possibilidade, também acionada por controle remoto, é a calcinha em que se prende um microvibrador que não é introduzido no corpo e que estimula o clitóris. Ao escolher um ou outro desses produtos, procure um modelo sem fio, que tenha uma boa intensidade e que seja silencioso.

Capítulo 22
Rituais BDSM

Nas práticas BDSM, é comum a realização de rituais para ajudar na transição dos parceiros de seus papéis regulares como cônjuges, pais, trabalhadores e assim por diante em papéis BDSM como dominadores e submissos. Os rituais também podem ajudar os casais a esvaziar a mente das distrações do dia a dia para que possam mergulhar na experiência e, assim, aproveitar plenamente o escapismo erótico da prática BDSM. Os rituais funcionam também como uma espécie de preliminar ao intensificar a expectativa sexual.

Os rituais devem se adequar às preferências e ao estilo de vida de cada casal. Alguns dominadores podem instruir seus submissos a usar algum item de vestimenta durante o dia, tal como um tipo específico de roupa íntima, ou uma algema em cada pulso por baixo de uma camisa de manga comprida, para que o sexo permaneça na mente do submisso durante as suas atividades cotidianas. O dominador pode também ordenar que o submisso prepare alguma refeição específica ou que raspe/apare os pelos pubianos de uma determinada maneira. Outros casais podem trocar e-mails pornográficos ou mensagens de texto para aumentar o tesão (ver capítulo 19). Outros ainda podem tomar um banho de chuveiro ou de banheira juntos. Algumas dominadoras pintam as unhas de vermelho-vivo ou de roxo para prenunciar a prática BDSM, enviando assim uma mensagem silenciosa, porém ritualística, ao submisso.

Capítulo 23
O que devo vestir?

Por causa do impacto visual arrebatador, as roupas BDSM podem conferir uma sensação de novidade extra à prática sexual. Uma dominadora ou submissa pode usar salto alto, meias finas e cinta-liga, um corpete justo ou até uma daquelas roupas inteiriças bem grudadas no corpo. Calcinha com abertura genital, adesivo para mamilos ou sutiãs com bojo aberto excitam visualmente qualquer homem, dominador ou submisso. Atenção: renda, babados ou estampa floral não são permitidos no BDSM. Você é uma Dominatrix, não uma bonequinha. Mais *vamp* e menos Victoria's Secret.

O homem dominador ou o submisso pode usar uma grande variedade de modelos de cueca: estilo boxer, sunga ou fio-dental, a fim de enfatizar a ereção. Ora, as mulheres são constantemente bombardeadas com imagens brilhantes de seios siliconados, erguidos a uma altura tão vertiginosa por sutiãs meia-taça antigravitacionais que a NASA poderia colocar um desses num astronauta para simular a gravidade zero. As cuecas BDSM, de látex preto, com destaque para a protuberância, vêm enfim dar aos olhos do sexo dito frágil um atrativo erótico.

As roupas BDSM podem também acrescentar prazer tátil à prática sexual. Couro, neoprene, látex e mesmo roupa de borracha têm um toque perfeitamente sensual tanto para quem a está vestindo quanto para o parceiro. A maioria aperta no lugar exato. Muitos dominadores se deleitam com o toque do corpo do submisso coberto de látex e essa reação o ajuda a se manter no papel. Roupa de baixo de homem modelada para a prática BDSM em geral apresenta alguma fricção gostosa na área genital.

Uniformes também podem ser usados durante a prática BDSM para aprimorar a fantasia dos personagens. Para complementar a fantasia de calabouço, uma dominadora pode querer usar o clássico corpete "disciplinador" de Dominatrix, enquanto seu submisso veste uma cueca de látex. Já para aperfeiçoar uma fantasia de prostituta dominadora, a praticante pode escolher usar um vestido *vamp* de neoprene, enquanto seu cliente usa terno e gravata.

Capítulo 24
Voyeurismo e exibicionismo

Voyeurismo (desejo de observar pessoas sem roupa ou fazendo sexo sem que elas percebam) e exibicionismo (desejo de ser observado enquanto se despe ou faz sexo) costumam estar presentes no BDSM. Para garantir o controle da dinâmica sexual, o dominador pode ordenar que o submisso realize um ato sexual em público. Obviamente, este tipo de jogo deve ser extremamente discreto e acontecer mais na imaginação do que na realidade. Por exemplo, uma dominadora pode instruir seu submisso a acariciar seu próprio órgão sexual enquanto dirige por uma rua deserta; por sua vez, o dominador pode mandar que sua submissa deixe os seios à mostra. Isso dá vazão ao exibicionismo isento de riscos.

Para brincar com a ideia de voyeurismo, alguns casais BDSM frequentam shows de *strip-tease* ou os chamados *peep-shows* — atração em que se entra numa pequena cabine para assistir a um show de *strip-tease* ao vivo, através de uma janelinha. Diferentemente da pornografia, essa experiência em tempo e situação reais acrescenta tempero ao voyeurismo. Uma alternativa mais discreta é visitar *chat rooms* em que você pode assistir sexo "ao vivo" pela *webcam*. Tudo que precisa fazer é ir ao Google e digitar "*webcam sex*" e poderá escolher entre milhares. Mais uma vez, a qualidade de "tempo real" de uma *webcam* tem decididamente um atrativo voyeurístico. Para incluir um elemento de controle, o dominador pode ordenar que o submisso realize os mesmos atos sexuais que estão sendo mostrados na tela.

Capítulo 25
Humilhação erótica

Embora não para todos, a humilhação erótica é parte do jogo BDSM. Ela é considerada uma "prática extrema", o tipo de atividade que muitos praticantes acreditam passar dos limites do Seguro, Saudável e Consensual (SSC). Casais menos ousados podem desejar utilizar elementos de humilhação somente em encenação privada e respeitosa, como por exemplo ordenando que o submisso pratique um ato sexual ou se masturbe (ver capítulo 26).

Capítulo 26
BDSM e masturbação

Brincar com poder é algo realmente excitante. Os dominadores saboreiam a ideia de ter o controle total de um submisso, em geral ordenando que este pratique atos sexuais que normalmente não praticaria. É em parte jogo de poder, em parte novidade sexual.

Ver uma mulher se masturbar é uma das fantasias favoritas dos homens, então não é de espantar que esse sonho adulto chegue até o mundo BDSM. É comum um dominador ordenar que sua submissa se masturbe para seu prazer visual. Ele pode pedir a ela que use um dildo (ver capítulo 29) ou apenas os dedos. Pode escolher guiá-la passo a passo nesse processo, dizendo-lhe como e quando tocar o clitóris, acariciar os seios e o corpo, introduzir um dedo na vagina. Para incrementar ainda mais essa brincadeira, ele pode prendê-la na posição *spread-eagle* (ver capítulo 5) e fazer com que ela esfregue o órgão sexual na sua perna ou na sua mão até chegar ao orgasmo. A combinação de excitação e desamparo da submissa produz um grande impacto erótico.

Um dominador também pode introduzir um vibrador coelho (ver capítulo 29) na vagina da submissa imobilizada, ligá-lo e observá-la se contorcer em êxtase sexual até chegar ao orgasmo, quase contra sua vontade. O dominador pode às vezes remover o vibrador, ou retirá-lo só o suficiente para obrigar a submissa a se remexer e se virar desesperadamente para introduzi-lo novamente no próprio corpo. Este pode ser um torturante jogo erótico (ver capítulo 28).

Um dominador pode desejar colocar um par de pinças de mamilos (ver capítulo 15) em sua submissa na posição *spread-eagle* para aumentar a involuntária onda de prazer que ela recebe. Bater de leve em seus seios ou na região pubiana com um chicote com franja (ver capítulo 13) pode fazê-la se contorcer ainda mais, aumentando a sensação de poder sexual do dominador. Essa é uma potente visão que poucos homens têm na realidade, e uma encenação BDSM pode trazer isso para sua vida sexual.

Muitas dominadoras também adoram a ideia de ordenar a um submisso que se masturbe. Masturbação masculina é algo que a maioria das mulheres raramente vê; sendo assim, a sensação de novidade pode ser particularmente profunda para elas. Por alguma razão, a mulher ver um homem se masturbar é mais tabu que o contrário. Se um homem hesita em fazê-lo, entrar no papel do submisso pode ajudá-lo a liberar suas inibições e desfrutar da reação de sua parceira.

Para compor o cenário, a dominadora deve sentar seu submisso numa cadeira com encosto alto. Depois, deve amarrar seus tornozelos nos pés da cadeira e passar uma corda (ver capítulo 6) pelo seu peito, amarrando-a na parte de trás da cadeira para manter seu tronco ereto. Ela pode deixar livre uma ou as duas mãos dele, dependendo de sua preferência. Deve então lhe dar uma porção de lubrificante aquecedor (ver capítulo 29) e ordenar que ele comece.

Se desejar, a dominadora pode instruir seu submisso a usar um brinquedo de masturbação masculina (ver capítulos 29 e 30). Pode ordenar que ele se masturbe até gozar, ou pode fazê-lo parar quando estiver quase chegando lá (ver capítulo 28) para que ela possa continuar a usá-lo para seu prazer.

Além de ser um elemento importante para o jogo erótico BDSM, a masturbação tem um bônus adicional — dá aos parceiros a oportunidade de mostrar precisamente como eles gostam de ser tocados. A masturbação não é somente uma visão para ser apreciada, ela também oferece uma lição a ser aprendida.

Capítulo 27
Sexo selvagem e fantasias de sexo violento

Jogos eróticos BDSM não são um esporte de lazer. É bem comum que os praticantes se exercitem até suar, percam o fôlego, sintam o coração acelerar ou saiam dali com algumas lembranças obscenas, de punhos e bundas vermelhos a genitais agradavelmente esfoliados e músculos doloridos. Brincar com a ideia de poder sexual e controle não é para amantes tímidos, sem imaginação ou preguiçosos. Trata-se de sexo selvagem, não sexo tântrico.

Como tal, não é raro o BDSM incluir elementos de sexo selvagem e fantasias de sexo violento. Podem ser fantasias relativamente suaves de imobilizar alguém (ver capítulo 9) ou mais intensas, envolvendo força, dominação, *bondage* e resistência.

Assim como esse tipo de fantasia se intensifica em termos de conteúdo, a relação física entre os parceiros também se intensifica.

Fantasias de sexo selvagem atraem homens e mulheres e não indicam um desejo de estuprar ou ser estuprado. Para os homens, elas são permissivas, escapistas e levam a um potente ímpeto de puro poder. Ele vai ter *o que* quer, *quando* quiser, *como* quiser e *na quantidade* que quiser.

Para mulheres, fantasias de sexo selvagem geralmente suprem uma necessidade de serem tão intensamente desejadas por um homem que ele não consegue se controlar. Ele pode ser um cavaleiro medieval montado a cavalo ou um homem de negócios poderoso, porém solitário, com um vazio na alma — um vazio que só pode ser preenchido por ela. O homem sabe que é errado, sabe que deveria parar, mas seu corpo está ardendo de desejo, desejo que já se avoluma entre as pernas, na ânsia de penetrar naquele doce calor... Bem, você pode imaginar a cena. Este é um tema recorrente em romances estereotipados, os chamados *bodice-rippers*.

Quando realizadas de forma consensual e segura, as fantasias de sexo selvagem são parte saudável de uma vida sexual normal e podem satisfazer os desejos íntimos de ambos os parceiros. Nem por isso elas deixam de exigir uma conversa prévia, estabelecendo limites e uma palavra de segurança (ver capítulo 2).

Fantasias de sexo selvagem comuns no mundo BDSM envolvem confinamento num quarto e atos sexuais como penetração forçada e sexo oral. Geralmente envolvem também *bondage* e imobilização a uma cama ou outro móvel (ver capítulos 5 a 7 e 34); mas podem incluir ainda um elemento de força psicológica (ver capítulo 4), em que o dominador "obriga" o submisso a despir-se ou praticar um ato sexual contra a vontade dele.

Para intensificar os efeitos de excitação do *bondage* e do uso da força, o dominador pode desejar vendar o submisso e adicionar elementos de privação sensorial (ver capítulo 10) no cenário BDSM, lançando mão de um capuz. O uso de brinquedos de *spanking* (ver capítulo 12) e instrumentos de açoite (ver capítulo 13) também pode contribuir para intensificar o lado físico do jogo sexual.

Quando se trata de fantasias de força, tanto homens como mulheres podem ser dominadores. Se uma dominadora quiser atacar seu submisso, ela deve, antes de mais nada, prendê-lo à cama em posição *spread-eagle* (ver capítulo 5). Pode então fazer sexo oral nele para levá-lo à ereção ou usar um lubrificante aquecedor para deixá-lo rijo. Depois, ainda pode adicionar um anel peniano e acariciar o membro do parceiro para forçá-lo a chegar ao orgasmo contra a sua vontade ou pode vendá-lo e usar um brinquedo de masturbação masculino real ou improvisado (ver capítulos 29 e 30) para fazê-lo gozar involuntariamente sem nem mesmo lhe mostrar que apetrecho está sendo usado para provocar sua ereção.

Capítulo 28
Controle do orgasmo

A habilidade do dominador de ter controle total e irrestrito sobre a excitação e as atividades sexuais do submisso é um princípio central do jogo erótico BDSM. Mas isso não basta — um dominador deve também ter controle sobre quando e como o submisso vai chegar ao orgasmo. Isso envolve um misto de dominação física (ver capítulo 2) e mental (ver capítulo 4) sobre o submisso. Quase sempre, o controle do orgasmo implica retardar o orgasmo (ver capítulo 3) para prolongar o ato e, com isso, intensificar a descarga final.

No mais simples dos casos, o dominador pode controlar verbalmente o orgasmo do submisso dizendo-lhe como e quando chegar ao clímax.

Para apimentar o processo, o dominador pode "prender e provocar" o parceiro (ver capítulo 33). O submisso pode ser amarrado à cama, a uma cadeira ou a outro móvel (ver capítulos 5 a 7) ou ainda a um aparelho que o mantenha na posição vertical, como as algemas que se prendem à porta (ver capítulo 8). Ele pode também ser preso por uma corda (ver capítulo 34).

Com sexo oral (ver capítulo 4), períodos curtos de penetração vaginal e sensações distintas provocadas por diversos brinquedos sexuais (ver capítulos 29 e 30), a dominadora pode brincar com a ereção e o nível de excitação do seu parceiro submisso. Para submetê-lo à tortura erótica (ver capítulo 33), ela pode levá-lo várias vezes à beira do orgasmo, e então retroceder — prática denominada *edging*.

Do mesmo modo, o dominador pode estimular os órgãos genitais da parceira submissa e fazê-la quase chegar ao orgasmo, depois retroceder, com sexo oral e usando os dedos (ver capítulos 38 e 40). Também pode intercalar esses atos com períodos de penetração vaginal, usando diferentes movimentos, velocidades e profundidades para maximizar a sensação (ver capítulo 36). Pode ainda usar uma variedade de brinquedos sexuais (ver capítulo 29) para um maior impacto erótico.

Usando uma boa variedade de apetrechos e técnicas no submisso, o dominador estimula o seu corpo, proporcionando-lhe várias sensações sexuais, sempre evitando que ele chegue efetivamente ao orgasmo. Isso pode prolongar a experiência BDSM para ambos os parceiros. Quando o dominador quer que o submisso atinja o clímax, deve continuar usando o mesmo recurso para provocar uma excitação sempre crescente. O dominador pode também querer comunicar verbalmente que é hora de gozar.

O dominador pode ainda querer chegar ao clímax junto com o submisso.

Parceiros que conseguem um orgasmo mútuo têm um conhecimento profundo sobre a sexualidade e os ciclos de excitação um do outro, e esta não é uma meta fácil de se atingir.

Enquanto o controle do orgasmo é um elemento BDSM poderoso, os dominadores devem tomar cuidado com o "orgasmo desperdiçado". Se o submisso é levado à beira do orgasmo muitas vezes, ou se goza fora de hora (por exemplo, quando o dominador tiver parado com o estímulo genital), esse orgasmo não será satisfatório. Para evitar esse desperdício, o dominador deve estar plenamente consciente do ponto em que o submisso está em seu ciclo de excitação.

Capítulo 29
Uma caixa de brinquedos BDSM

BDSM não cabe num cantinho qualquer. Trata-se de um esporte sexual que requer um guarda-roupa (des)respeitável (ver capítulo 23) e, o que é mais importante, uma vasta gama de acessórios. Eis uma lista básica de apetrechos BDSM que os casais podem querer ter em sua caixa de brinquedos de adulto (ver capítulo 2). Vocês encontrarão uma breve descrição de cada item, incluindo instruções e ideias de uso, logo a seguir ou em outras partes do livro.

Se imobilizações e apetrechos eróticos são imprescindíveis para a prática BDSM, principiantes não devem deixar que sua relutância em visitar um sex shop ou fazer uma compra de artigos eróticos online os impeça de entrar no jogo. Com um pouco de imaginação — e uma mente criativa —, itens eróticos de fácil aquisição e baixo custo podem ser substituídos durante o jogo.

Para Ambos

Equipamento *bondage* de imobilização é parte integrante do jogo sexual BDSM. Casais podem investir em imobilizadores de couro de pulso e tornozelo, apesar de algemas de plástico de brinquedo das lojas de R$1,99 também servirem. Um sistema de imobilização preso ao colchão (ver capítulo 5), seja ele profissional ou improvisado, é essencial. Corda de alta qualidade — do tipo usado na amarração japonesa — deve estar em sua lista de desejos, apesar de corda de algodão ser uma alternativa econômica e amplamente disponível (ver capítulos 6 e 34).

Outra opção é visitar uma loja de tecidos e adquirir vários retalhos cortados ao comprido que podem ser usados no lugar da corda. Isso permite ao casal experimentar a sensação de diferentes tecidos em contato com a pele e os órgãos genitais. Isso também ajuda uma submissa a ficar com ótima aparência e muitíssimo fashion, mesmo sob a pressão BDSM.

Existem no mercado equipamentos de suspensão especialmente confeccionados para BDSM, e algemas que se prendem à porta também são um produto interessante; no entanto, pequenos pedaços de corda ou de tecido (ver acima) podem ser presos a cabides metálicos para porta e depois amarrados nos pulsos do submisso para manter seus braços erguidos acima da cabeça. O cano de um chuveiro que não seja elétrico e esteja firmemente preso à parede também pode ser usado para manter os braços do submisso amarrados nessa posição (ver capítulo 8). Atadores de braços oferecem excitação e apelo visual adicionais. Barras de afastamento de pernas — uma barra rígida com algemas de tornozelo em ambas as pontas — podem ser uma novidade provocante.

Equipamento de privação sensorial A prática BDSM causa sensações extremas — e quando há limitação de um sentido, os outros se intensificam. Uma venda é um acessório BDSM imprescindível (ver capítulo 10).

Lubrificantes íntimos Lubrificantes íntimos de boa qualidade são úteis durante a prática sexual. Os produtos à base de água são geralmente melhores e mais compatíveis com a maioria dos brinquedos eróticos, incluindo aqueles feitos de látex e silicone. Lubrificantes à base de silicone são ideais para sexo na água, mas vão danificar brinquedos feitos com o mesmo material. Lubrificantes à base de óleo e petróleo podem causar manchas e infecção, e não são recomendados. Um lubrificante artificial de consistência grossa é essencial quando há penetração anal (ver capítulos 42 e 43). Escolha um que seja especialmente fabricado para sexo anal.

Alguns lubrificantes íntimos têm propriedades aquecedoras ou resfriadoras, além da lubrificação. Eles podem ser usados durante o ato sexual (ver capítulo 36) ou para aumentar a estimulação manual, tanto de homens (ver capítulo 30) como de mulheres. Outros lubrificantes íntimos têm dupla utilidade, pois servem também de loção massageadora, embora não sejam tão bons quanto óleos de massagem.

Vibrador reto Não intimidante, versátil e eficaz, este é o brinquedo erótico clássico. Ele pode ser usado para estimular os mamilos e os órgãos genitais. Nas mulheres, um vibrador reto pode proporcionar sensação vibratória no clitóris e então ser introduzido na vagina para proporcionar prazer interno. Nos homens, um vibrador reto pode ser passado ao longo do membro ereto e sobre a glande. Ele pode também ser passado na parte superior e inferior dos testículos, e então ser pressionado contra o períneo para estimular a próstata (ver capítulo 42).

Spanking *Spanking* erótico é uma marca registrada da prática BDSM e brinquedos de impacto podem maximizar sensações enquanto exploram o desequilíbrio de poder entre o dominador e o submisso. Existe uma variedade enorme tanto de palmatórias BDSM quanto de itens improvisados, incluindo utensílios de cozinha que podem ser usados (ver capítulo 12).

Instrumentos de açoite Varas e chicotes, especialmente com longas franjas, podem ser usados no lugar de instrumentos de *spanking* ou em conjunto com eles para aumentar sensações e envolver os parceiros na experiência BDSM. Entre os instrumentos improvisados, estão os ramos de folhagem seca (ver capítulo 13).

Provocadores de cócegas Provocadores de cócegas apresentam-se em vários estilos e materiais. Eles podem ser tão caros e exóticos como penas de pavão ou de avestruz, ou tão baratos e comuns como a pena do espanador (ver capítulo 32). Quando combinadas com *bondage* e imobilização, as cócegas permitem ao dominador submeter o seu parceiro a uma tortura erótica requintada (ver capítulo 33).

Plugs Geralmente usados em brincadeiras anais (ver capítulo 42), os *plugs* estão disponíveis numa quase infinita variedade de estilos. Muitos são confeccionados para estimular a próstata. *Plugs* destinadas ao uso vaginal são feitos para atingir o ponto G da mulher.

***Plugs* anais** *Plugs* anais estão entre os brinquedos mais populares de jogos eróticos (ver capítulo 43). Se você gosta de jogos anais, certamente vai querer ter um desses na sua caixa de brinquedos.

Bolinhas tailandesas Trata-se de uma fileira de bolinhas que vão, em geral, aumentando de tamanho. Elas são feitas para serem introduzidas no ânus e podem permanecer no local, deslizar para dentro e para fora ou ser puxadas durante o orgasmo (ver capítulo 43).

Brinquedos de vidro Os mais bonitos entre todos os apetrechos eróticos, brinquedos de vidro — geralmente feitos de pirex ultra-higiênico — são perfeitos para brincadeiras de temperatura. Seu apelo estético é perfeito para os adeptos do BDSM mais sofisticados, que sabem muito bem o que querem (ver capítulo 18).

Produtos de eletrossexo A eletroestimulação erótica ou "eletrossexo" é uma prática relativamente nova no mundo BDSM. Mesmo assim, em pouco tempo uma variedade de produtos eletrossexo — de fitas penianas a pinças eróticas — já tinha surgido no mercado de brinquedos eróticos (ver capítulo 31).

Velas Velas de soja são apropriadas para jogos de temperatura e com cera porque, diferentemente de velas de parafina ou de cera de abelha, elas não queimam a pele (ver capítulo 16).

Para ela

Vibrador coelho Este tipo de vibrador é garantia de levar rapidamente quase todas as mulheres ao orgasmo. Trata-se de um pênis rotativo e um estimulador de clitóris no formato de orelhas de coelho, proporcionando assim, simultaneamente, estímulo vaginal e clitoriano. Quando introduzido numa submissa imobilizada, ela não vai ter outra opção senão sucumbir ao prazer do pênis rotativo e às suaves vibrações das orelhas do coelho. Para simular a ação das orelhas do coelho, pode ser usada uma escova de dentes elétrica no clitóris (ver capítulo 34).

***Bullet* vibratório de controle remoto** Os melhores perfumes vêm realmente em pequenos frascos. O vibrador com cápsulas vibratórias ou em formato de ovo desliza para dentro da vagina da mulher para proporcionar um estímulo discreto. E quando seu dominador está com o controle em mãos, o prazer é tão imprevisível quanto difícil de parar. Alguns estimuladores de cápsula vibratória são presos à calcinha, então há um feitio e modelo para adaptar-se a cada mulher e proposta sexual (ver capítulo 21).

Dildos Dildos são brinquedos eróticos com feitio fálico. Alguns lembram pênis de verdade, enquanto outros têm mais um apelo de novidade em termos de tamanho e cor. Muitos têm protuberâncias ou outras texturas para aumentar o prazer. Cintas-penianas são muito usadas em jogos eróticos BDSM, especialmente para cenas mais pesadas onde a mulher dominadora "penetra" o homem submisso (ver capítulo 43).

Pinças de mamilos, brinquedos e géis Há um sem-número de produtos confeccionados para estimular os mamilos. De simples pinças tipo jacaré e mini-ventosas de sucção a pinças vibratórias e loções estimulantes, brinquedos para mamilos possibilitam que o dominador fique com as mãos livres para garantir que as áreas mais sensíveis do submisso continuem sendo estimuladas. Uma gama de itens comuns, de prendedores de roupa de madeira a certos pegadores usados na cozinha, também podem ser usados para estimular os mamilos (ver capítulo 15).

Géis, cremes ou loções de estímulo clitoriano Estes produtos produzem uma sensação de arrepio que intensifica a excitação clitoriana. É melhor que sejam usados durante a inserção de dedos e a penetração, já que o gosto e efeito destes produtos podem incomodar o parceiro no caso de sexo oral. O homem que usar um enxaguante bucal de menta bem forte antes do sexo oral pode levar a mulher a uma experiência semelhante sem que sua língua fique adormecida durante o ato.

Bolas de pompoarismo Bolas de pompoarismo introduzidas na vagina da mulher produzem constante prazer interno. Elas são complementos perfeitos para satisfação adiada (ver capítulo 3), tortura erótica (ver capítulo 33) e sexo oral (ver capítulo 40). Podem ser feitas de borracha, plástico ou vidro, e alguns modelos vibram para intensificar a sensação.

Para ele

Gel, creme e loção estimulante para o pênis Estes produtos criam uma sensação de arrepio no membro ereto, intensificando assim a excitação e aumentando a sensibilidade. A melhor forma de usá-los é durante a manipulação manual (ver capítulo 30) e a penetração (ver capítulo 36), já que o seu gosto e o seu efeito podem ser desagradáveis para o parceiro no caso de sexo oral. A mesma sensação pode ser obtida se a parceira usar um enxaguante bucal mentolado ou chupar uma bala de menta bem forte antes de fazer sexo oral.

Bombas penianas e masturbação masculina Masturbadores masculinos imitam a vagina, a boca ou o ânus. São feitos de variados materiais e frequentemente têm partes internas de múltiplas texturas, além da função de vibração ou sucção. Bombas penianas são geralmente cilindros de sucção dentro dos quais o homem insere seu pênis. Eles são usados para autossatisfação, para aumentar temporariamente uma ereção, ou para disciplina pessoal. Estes devem ser usados de acordo com as instruções —

nunca use pressão em demasia ou deixe-os ligados por muito tempo. E esses itens exigem o uso de um lubrificante íntimo.

A dominadora pode usar esses apetrechos eróticos para observar um homem se masturbando (ver capítulo 26), para controlar o orgasmo (ver capítulo 28) ou para variar um pouco a masturbação feita com a mão (ver capítulo 30). Usar um aparelho desses num submisso imobilizado ou preso pode exacerbar sua sensação de desamparo. Por esta razão, objetos de masturbação masculina são brinquedos BDSM valiosos e versáteis para dominadoras.

Uma dominadora pode reproduzir o efeito de uma capa peniana colocando uma generosa quantidade de lubrificante íntimo numa toalha de rosto de textura macia, dobrando a toalha em forma de cilindro, e então fazendo movimentos de vai e vem no membro de seu submisso.

Anéis penianos Anéis penianos ficam em volta do pênis e são feitos de couro, metal, borracha, látex ou silicone. Eles envolvem a base do pênis, na parte inferior dos testículos, para reter o sangue no membro. O resultado é uma ereção mais longa, mais rija, mais grossa e ultrassensível. Muitos anéis penianos têm pequenos estimuladores ou vibradores que entram em contato com o clitóris durante a penetração. Escolha um modelo à prova de água que ofereça vários níveis de sensação.

Uma alternativa saborosa é visitar uma loja de balas e comprar alguns anéis de goma. Eles podem ser esticados para ficarem ao redor da base do pênis e podem ser comidos durante o sexo oral. De pêssego a framboesa, eles podem fazer do sexo oral uma deliciosa experiência para ambos os parceiros. A Dominatrix que se preocupa com o peso pode comprar anéis de goma sem açúcar, se preferir.

Iniciantes só devem usar os anéis penianos por um curto período, e só devem adquirir um que tenha um dispositivo de segurança de rápida retirada. Anéis penianos podem ser usados durante a penetração, o sexo oral e a manipulação manual (ver capítulo 30). Também podem ser usados para auxiliar na satisfação adiada (ver capítulo 3).

Capítulo 30
O poder da masturbação

Uma dominadora que queira inflamar a paixão de seu submisso — e seu pênis — deve primeiramente prendê-lo à cama na posição *spread-eagle* de bruços (ver capítulo 5), sentado, amarrando-o com cordas a uma cadeira (ver capítulo 6) ou com as mãos acima da cabeça (ver capítulo 8). Assim que ele estiver posicionado, ela deve colocar um anel peniano em seu membro semiereto, e então praticar sexo oral nele até que ele enrijeça. Quando ele estiver totalmente ereto, ela pode começar a acariciar o membro com um lubrificante aquecedor ou um gel estimulante para pênis (ver capítulo 29), para causar sensações prazerosas de arrepio ao longo da pele ultrassensível do membro.

Enquanto o pênis do submisso fica cada vez mais intumescido, a dominadora deve alternar movimentos de mão, só para cima com movimentos mais fortes e para cima e para baixo. Ocasionalmente, ela pode torcer sua glande e apertar seus testículos, levemente, para provocar espasmos ao longo de seu corpo. Esta masturbação poderosa é adequada para satisfação adiada (ver capítulo 3), controle do orgasmo (ver capítulo 28) e diversão prazerosa em geral.

Para fins de intensificação, a dominadora pode primeiro imobilizar seu submisso e — em vez de um anel peniano e gel estimulante — usar um brinquedo de masturbação masculina bem lubrificado para estimulá-lo até ele atingir o orgasmo ou chegar ao ponto de excitação que ela deseja. Bombas penianas são particularmente úteis para dominação e jogos de poder (ver capítulo 30). Eles complementam perfeitamente fantasias de sexo violento (ver capítulo 27) e tortura erótica (ver capítulo 33), uma vez que a dominadora pode controlar a intensidade da sucção que o submisso sente em seu membro. Especialmente quando combinado com *bondage*, uma bomba peniana deixa a dominadora no controle absoluto da situação.

Capítulo 31
Eletroestimulação erótica

Eletroestimulação erótica ou "eletrossexo" é uma prática BDSM em que correntes elétricas muito brandas estimulam os órgãos genitais. Como esta forma mordaz de jogo erótico apresenta alguns riscos, casais só devem usar produtos de alta qualidade — incluindo *power boxes*, acessórios e "gel eletrossexo" — de fontes confiáveis, como sex shops renomados. Esta é uma área em que o improviso não é uma boa ideia. É geralmente recomendado que apetrechos de eletrossexo sejam aplicados somente da cintura para baixo para minimizar qualquer risco em pessoas com problemas cardíacos.

Capítulo 32
Cócegas

Não tão moderna ou *high-tech* quanto o eletrossexo, as boas e velhas cócegas eróticas são uma prática fantástica de BDSM que muitos dominadores usam para fazer seu submisso se contorcer de prazer. Alguns chicotes (ver capítulo 13) vêm com franjas longa e macias, que o dominador pode passar bem de leve pelo corpo do submisso. Franjas de borracha fina produzem uma sensação especialmente gostosa. Um simples espanador já funciona muito bem. Lembra-se dos ramos de flores secas que serviram de açoite improvisados (ver capítulo 13)? Alguns deles têm pontas macias, aveludadas, perfeitas para esse fim.

E, é claro, há a clássica pena. Geralmente uma única pluma grande na ponta de uma vara pode ser admiravelmente linda, e se for uma pena de pavão ou de avestruz haverá ainda o apelo estético. Ramos secos, disponíveis na maioria das lojas de artesanato, custam um décimo do preço, funcionam muito bem e, ainda por cima, vêm numa linda variedade de cores, desde o rosa forte ao azul-turquesa.

Quando o submisso estiver imobilizado na posição *spread-eagle* ou de pé (ver capítulos 5 e 8), o dominador pode levar o tempo que quiser para estimular as zonas erógenas do seu cativo roçando de leve o seu corpo com um desses apetrechos, provocando assim uma reação genital. Privação sensorial pode ser usada (ver capítulo 10) em conjunto com imobilização.

O dominador pode usar a pontinha da pena para fazer movimentos ao redor da auréola e dos mamilos do submisso, descendo em direção ao umbigo e aos órgãos genitais. O uso da ponta da pena pode ser intercalado com leves arranhões feitos com a outra extremidade. Isso resulta numa variedade de sensações que fazem o submisso se contorcer com um prazer que abrange todo seu corpo.

Capítulo 33
Tortura erótica

Tortura erótica envolve o *bondage* de um submisso (ver capítulos 5 a 8, 29 e 34) para que o dominador possa sujeitar, com toda calma, em geral depois de um bom tempo, o corpo do submisso imobilizado a toda uma série de prazeres eróticos. Esta prática é geralmente combinada com satisfação adiada (ver capítulo 3) e controle do orgasmo (ver capítulo 28). O uso de brinquedos eróticos (ver capítulo 29) e cócegas (ver capítulo 32) também são atividades comuns durante a tortura erótica, geralmente alternada com atividades mais pesadas, tais como *spanking* (ver capítulo 12) ou açoite (ver capítulo 13). Breves períodos de sexo oral (ver capítulos 38 a 41) ou penetração (ver capítulo 36) também podem ocorrer para assegurar que o corpo do submisso receba uma variedade de sensações, cada uma mais prazerosa que a outra.

Casais que praticam este tipo de jogo erótico devem estabelecer uma palavra de segurança e manter uma boa comunicação entre si (ver capítulo 2). A tortura erótica não tem nenhuma semelhança com qualquer tipo de tortura real. Ela é feita para o prazer sexual do submisso, bem como para a gratificação erótica do dominador. A simulação de desamparo é um aspecto BDSM excitante e fundamental; no entanto, a tortura erótica deve proporcionar prazer e não dor.

Capítulo 34
Posições *bondage*

Deitado em posição *spread-eagle* (ver capítulo 5), preso de costas a uma banqueta estofada, amarrado com corda a uma cadeira e preso com os braços acima da cabeça: eis algumas das posições básicas de *bondage* de que tratamos até agora. No entanto, como os jogos eróticos BDSM estão sempre se desenvolvendo, os casais podem querer experimentar posições mais dramáticas, que exijam mais esforço físico. Eles podem então incorporar vários elementos de BDSM — de *spanking* e tortura erótica a brinquedos — a essas novas posições, para fazer sua experiência BDSM se renovar de forma constante.

A seguir, várias posições *bondage* que jogam de forma equilibrada com a sacanagem e o carinho.

Posição *hogtie* Essa é uma posição *bondage* clássica, em que os pulsos e os tornozelos do submisso são amarrados, juntos, nas costas, em geral com uma corda ou com algemas. Essa posição deve ser reservada somente para pessoas que tenham flexibilidade corporal satisfatória. As cordas devem estar amarradas levemente, assegurando que o submisso possa soltar-se rápida e facilmente se assim o desejar. A posição *hogtie* é perfeita para compor o cenário de uma fantasia de sexo selvagem (ver capítulo 27).

Posição *leapfrog* Esta é uma posição em que o submisso é imobilizado com o traseiro virado para cima e o rosto voltado para a cama. As pernas do submisso podem estar afastadas com uma barra de afastamento de pernas (ver capítulo 29), enquanto seus pulsos podem ser presos com corda ou algemas com os braços passando na frente do tronco.

A posição *leapfrog* é o complemento perfeito para *spanking* (ver capítulo 12), uma vez que permite acesso direto à bunda toda. Ela também facilita jogos anais, com ou sem brinquedos eróticos (ver capítulos 42 e 29), e sexo anal (ver capítulo 43).

No caso de um homem dominador e uma mulher submissa, esta posição permite a penetração anal: ela proporciona uma visão sedutora para o homem, enquanto ele posiciona as costas da mulher de tal forma que a penetração dá uma sensação maravilhosa (ver capítulo 36). Melhor ainda, ela proporciona uma posição ousada para a prática da cunilíngua (ver capítulo 38).

Over-arm tie Nesta posição *bondage*, os braços do submisso são flexionados para trás por cima dos ombros, e as mãos são presas atrás da cabeça com cordas ou algemas. O dominador pode desejar apimentar esta posição prendendo uma corda aos pulsos do submisso, e prendendo-a a sua cintura, passando-a pelas costas. Se o submisso estiver sentado sobre as pernas, o dominador pode também esticar uma corda dos pulsos até cada um dos tornozelos do submisso, para que as pernas também fiquem presas.

A abertura do *over-arm tie* expõe a pele mais sensível, porque retesada, das axilas até a cintura, o que é ótimo para as cócegas (ver capítulo 32). Ela proporciona um visual impactante que parece — e é mesmo — de vulnerabilidade completa.

***Bondage* de cotovelo** Para chegar a esta posição versátil, o dominador puxa os dois braços do submisso para as costas e os prende na altura dos cotovelos. Enquanto submissos com boa flexibilidade corporal vão ser capazes de segurar firmemente os próprios cotovelos, muitos não conseguem fazê-lo: o dominador deve se certificar de que a corda esteja tão apertada ou tão frouxa quanto o submisso desejar.

Bondage de cotovelo tem o efeito de projetar os seios para frente e para fora. Se o submisso for mulher, seu dominador pode assim explorar toda a extensão dos seios fazendo cócegas (ver capítulo 32), ou lambendo ou sugando a auréola e mamilos com a boca. Também pode usar brinquedos para mamilos, pinças ou géis estimulantes para maximizar o estímulo erótico desta área altamente sensível (ver capítulo 15).

Posição *frogtie* Nesta posição reveladora, as pernas do submisso são dobradas e amarradas — na altura do tornozelo e da coxa — o que as faz parecer as patas dobradas de um sapo. Uma alternativa fácil é sentar o submisso na cama, dobrar suas pernas, e mantê-las na posição com um pedaço de corda. Quando as duas pernas estiverem presas desta forma, com os joelhos afastados um do outro, os órgãos genitais do submisso estarão completamente expostos, tornando esta posição de restrição perfeita para um grande número de atividades BDSM.

O dominador pode querer usar um vibrador coelho ou outro brinquedo erótico (ver capítulo 29) nos genitais de sua submissa, proporcionando-lhe estímulo vaginal e clitoriano enquanto ela está imobilizada nessa posição.

Uma dominadora também pode oferecer prazeres intensos a seu submisso enquanto o tem na posição *frogtie*. Ela pode lhe fazer sexo oral (ver capítulo 41) ou descer o corpo sobre o seu membro ereto, usando-o para seu próprio prazer. Ela também pode usar brinquedos eróticos (ver capítulo 29), como um masturbador masculino ou uma bomba peniana (ver capítulo 30), para explorar a sua sensação de estar sendo usado, abusado e excitado contra sua vontade.

Capítulo 35
Amarração púbica

Como tantos brinquedos eróticos e aparelhos BDSM, a amarração púbica tem um nome feio, mas um efeito lindo. A corda é usada para estimular os órgãos genitais de uma submissa. Ela é amarrada na cintura da mulher e depois é passada entre suas pernas para ficar entre os lábios da vagina e estimular o clitóris. Só não amarre com muita força para não machucar sua parceira.

A amarração púbica pode ser usada por cima ou por baixo de peças de roupa. Muitos dominadores instruem suas submissas a usar a corda entre a calcinha e as roupas o dia todo, como um ritual para criar expectativa tanto mental e física para o jogo erótico BDSM da noite (ver capítulo 22). A corda também auxilia nas fantasias de sexo selvagem (ver capítulo 27), na satisfação adiada (ver capítulo 3), na tortura erótica e na provocação estimulante (ver capítulo 33).

Para acrescentar um toque ainda maior de BDSM à amarração púbica, o dominador pode colocar a corda quando sua submissa estiver de pé (ver capítulo 8). Ele também pode usá-la junto com o *over-arm tie* (ver capítulo 34).

Capítulo 36
Posições sexuais e técnicas de penetração

Apesar do arsenal de apetrechos *bondage*, roupas de neoprene, chicotes e correntes, brinquedos eróticos e jogos mentais eróticos que constituem a prática BDSM, ainda há espaço para o bom e velho ato sexual; no entanto, como todo o resto no BDSM, o foco da penetração é proporcionar o máximo de estímulo sensorial possível. Para isso, é essencial que dominadores e submissos de ambos os sexos saibam muito bem como diferentes posições sexuais interferem no prazer — especificamente, como ângulo, profundidade, velocidade e força da penetração podem mudar a maneira como o sexo é sentido por ambos os parceiros.

Especula-se amplamente que o antigo manual de sexo *Kama Sutra* é uma fonte das práticas BDSM. O *Kama Sutra* foi escrito no século 3 a.C. por um sábio indiano de nome Vatsyayana. Nele, Vatsyayana descreve os "diferentes modos de deitar e as várias formas de união sexual". Tradução: posições sexuais diferentes e técnicas de penetração. Abaixo, você vai encontrar a descrição de algumas dessas posições e técnicas que se encaixam bem no BDSM:

Posições

Aberta Nesta posição, a mulher fica deitada de costas, ergue as coxas, e as mantém afastadas enquanto o homem a penetra. Ela pode passar os braços pela parte posterior dos joelhos para manter as pernas afastadas, ou apoiá-las nos ombros do parceiro. Essa posição deixa o clitóris da mulher acessível, permitindo que o parceiro o estimule enquanto a penetra. Essa posição também permite que ele tenha uma bela visão panorâmica de seus seios e seu corpo nu sob ele.

Ascendente A mulher levanta as pernas bem esticadas enquanto o homem a penetra.

Aderente Essa é a tradicional posição papai-mamãe em que ambos os parceiros esticam suas pernas de forma reta, deitados um de frente para o outro, normalmente com o homem por cima. Praticantes de BDSM podem adicionar um pouco de pecado a esta doce posição, com a mulher envolvendo o corpo do homem com as pernas e usando as unhas para arranhar as costas dele (ver capítulo 14). A mulher também pode, de forma agressiva, erguer a pélvis, pressionando o corpo do parceiro, estabelecendo desta forma uma posição de dominadora mesmo estando por baixo.

Em forma de lótus Nessa posição clássica de fazer amor, o homem se senta de pernas cruzadas enquanto a mulher se senta em seu colo e desce o corpo na direção de seu membro ereto. Ela envolve o corpo do parceiro com as pernas e o seu pescoço com os braços, usando os ombros como apoio para subir e descer sobre o membro dele. O homem também pode comandar o movimento, agarrando a bunda da mulher para levantá-la e abaixá-la no seu membro. Essa posição ajuda na prática BDSM de satisfação adiada (ver capítulo 3), uma vez que não provoca muita fricção como algumas outras posições.

Comprimida A mulher fica deitada de costas e traz os joelhos para o peito. O homem ajoelha-se e a penetra enquanto ela pressiona seus pés contra o peito dele. Essa posição permite o sexo mais vigoroso: quanto mais fortemente a mulher pressionar o pés contra o peito do parceiro, mais esforço ele tem que fazer para penetrá-la.

União da vaca Nessa posição de penetração traseira, a mulher curva o corpo para frente enquanto o homem a penetra por trás. Ela também pode se apoiar nas mãos ou joelhos. Para aumentar ainda mais as sensações, o seu parceiro pode acariciar, massagear e beijar as suas costas ou, é claro, arranhá-las e bater nelas. Essa posição faz a vagina ficar mais apertada, o que é prazeroso para ambos os parceiros. Ela também oferece ao homem uma visão excitante dos órgãos genitais e da bunda da mulher. O mais importante é que ela explora o desequilíbrio de poder entre os parceiros e ajuda o homem a reforçar seu papel de dominador (ver capítulo 2).

Técnicas de penetração

Fricção ou mexedura Para realizar essa técnica, o homem para o movimento regular da penetração e começa a fazer círculos com os quadris para que seu pênis reproduza esse movimento dentro da vagina da mulher. Ele também pode segurar a base do pênis e fazê-lo rodar dentro dela.

O golpe do touro O homem usa o pênis para golpear ambos os lados da vagina da parceira.

Perfuração Essa técnica é realizada quando o homem penetra a vagina da parceira de cima para baixo. Essa penetração estimula diretamente o clitóris e pode ser executada de forma rápida e com força, ou mais devagar e suavemente, dependendo do momento sexual.

Roçar É basicamente o oposto de penetração descrita acima: o homem penetra a vagina da parceira de baixo para cima.

Pressionar Trata-se de uma "penetração com pressão", em que ambos os parceiros apertam bem as coxas enquanto o homem penetra a mulher.

Desferir golpes Trata-se de uma penetração em que o homem retira o pênis da vagina da parceira e depois volta a penetrá-la com toda força.

Saltitar do pardal Essa técnica envolve penetrações rápidas e bem ritmadas, em que o pênis do homem não sai da vagina da parceira. É o estilo que em geral precede o orgasmo masculino.

Dominadores de ambos os sexos podem usar diferentes técnicas de penetração para exercer controle sobre o orgasmo (ver capítulo 28) do parceiro submisso. O homem dominador pode usar ângulos, profundidades e ritmos diferentes para controlar o fluxo e o refluxo da excitação feminina.

A mulher dominadora pode ordenar que seu submisso use estilos específicos de penetração para controlar o seu nível de excitação e exercer controle sobre o seu orgasmo. Por exemplo, ela pode ordenar que ele faça uma sequência como essa:

1 Fricção ou mexedura quatro vezes — para causar excitação ou diminuir o ritmo.

2 Pressionar seis vezes — para penetração vagarosa e profunda.

3 Desferir golpes oito vezes — para fricção rápida e intensa do seu membro.

4 Pressionar duas vezes — para retornar brevemente à penetração profunda e prazerosa.

5 Saltitar do pardal quinze vezes — para fazê-lo chegar ao orgasmo.

Capítulo 37
Fetiches

É difícil pensar em fetiches no BDSM, uma vez que, para a maioria dos casais, essa prática já é um fetiche em si mesmo. No entanto, é importante para os parceiros estarem conscientes dos fetiches favoritos de cada um, para que estes possam ser incorporados à prática sexual. O resultado é uma experiência sexual feita sob medida, que atinge todas as expectativas. Pouco importa se o que excita você é efetivamente um fetiche ou uma preferência sexual — seja como for, quanto mais você puder explorá-lo, melhor.

Ter um forte desejo por uma parte do corpo em particular é um tipo de fetiche popular. Fetiches por pé são comuns, e algumas pessoas gostam de chupar o dedo do pé do parceiro ou de ser penetradas por ele. Peças de vestuário relacionadas aos pés, como meias-calças, saltos agulha e botas de cano alto, são geralmente associadas a esse tipo de fetiche. Barrigas também são objeto de fetiche, particularmente para os homens dominadores que gostam de ejacular na barriga de sua submissa. Há ainda as unhas, que podem deixar marcas (ver capítulo 14). Tatuagens e piercings corporais, como o piercing de umbigo ou de língua, também são populares. Em certa medida, o material de que são feitas as roupas — de látex a couro — é um fetiche para quase todos os praticantes de BDSM.

Sexo no chuveiro (ver capítulo 8) é um fetiche para muitos casais, especialmente para homens, talvez porque esteja tão fortemente associado a excitação, fantasias e masturbação. Marcas registradas de BDSM como domínio e submissão (ver capítulo 2), imobilização (ver capítulos 5 e 34), dor (ver capítulo 11), sexo selvagem e fantasias de sexo selvagem (ver capítulo 27), assim como voyeurismo e exibicionismo (ver capítulo 24), são as preferências sexuais mais populares dos casais praticantes.

Capítulo 38
BDSM e cunilíngua

Parte I

Cunilíngua sempre proporciona uma ótima sensação, porém, acrescentar a empolgação e a novidade do *bondage* ao sexo oral pode potencializar o prazer de desfrutar desta prática. Para mulheres que se sentem confortáveis em receber cunilíngua, a imobilização traz uma dimensão inteiramente nova à prática. Para as que se sentem desconfortáveis, a imobilização pode lhe permitir aceitar sem culpa algo que normalmente ela não faria por constrangimento, vergonha ou inibição.

Leapfrog e *frogtie* (ver capítulo 34) são duas das melhores posições *bondage* para o cunilíngua no estilo BDSM, e cada uma delas proporciona sensações distintas aos órgãos genitais da mulher. Cada uma dessas posições também permite ao dominador usar táticas diferentes de BDSM em sua submissa. Com ela na posição *leapfrog*, por exemplo, ele pode abrir suas nádegas para lhe fazer cunilíngua por trás. Pode também, simultaneamente, estimular sua área anal com um fino *plug* que vibre (ver capítulo 29). Com a submissa imobilizada na posição *frogtie*, o dominador pode açoitar suavemente seus órgãos genitais com as franjas de borracha de um açoite, e então dar longas lambidas nos lábios da vagina.

Uma posição em pé (ver capítulo 8) também é uma ótima opção de imobilização para sexo oral, especialmente se for usada uma barra de afastamento de pernas (ver capítulo 29). Essa posição proporciona excelente acesso ao clitóris da parceira submissa. O dominador pode lamber os lábios da vagina de baixo para cima, antes de contornar o clitóris com a língua e depois chupá-lo delicadamente. Para acrescentar prazer interno, ele pode introduzir os dedos na sua vagina.

Uma dominadora que queira que seu submisso lhe faça sexo oral pode ordenar que ele se ajoelhe, e então imobilizá-lo com o *over-arm tie* ou com o *bondage* de cotovelo (ver capítulo 34). Ela pode então ficar de pé sobre ele e lhe dizer exatamente o que fazer com a boca, sem ter que se preocupar com os movimentos de suas mãos.

Capítulo 39
BDSM e felação

Parte I

Felação é comum em sexo tradicional ou o chamado sexo papai-mamãe, no entanto, ela é frequentemente uma experiência bem passiva para os homens. O aspecto dominador do BDSM permite ao homem ser um participante mais egoísta e até mesmo mais agressivo. Com a submissa presa sob seu corpo, talvez amarrada a uma banqueta estofada (ver capítulo 7), ele pode ficar a cavalo sobre ela e enfiar o pênis na sua boca sem ter que se preocupar com o prazer da parceira. Claro, um homem que brinca dessa forma deve pensar no nível de conforto de sua parceira, e saber até que ponto ou com que velocidade pode penetrar sem que ela engasgue.

Para completar esse jogo de poder, o dominador pode gozar no rosto da submissa ou em qualquer outra parte do seu corpo. Essa é a realização de um fetiche comum entre os homens (ver capítulo 37). Infelizmente, tal prática pode fazer a mulher se lembrar daquelas "ejaculações faciais" ou "esguichos de ejaculação" tão nojentos, frequentemente vistos em pornografia voltada para o público masculino (ver capítulo 45). Se você é um homem que quer brincar desse jeito, deve antes conversar sobre o assunto com sua parceira (ver capítulo 2). Ela pode estar disposta, por exemplo, a deixar você ejacular na sua barriga, mas não no seu rosto.

Outra opção é o dominador prender sua submissa na posição *hogtie* (ver capítulo 34) e puxá-la pelos cabelos, "forçando-a" assim a fazer sexo oral nele. Isso dá à mulher mais mobilidade para controlar como o pênis penetra em sua boca.

Capítulo 40
BDSM e cunilíngua

Parte II

A clássica posição *spread-eagle* (ver capítulo 5) oferece mais possibilidades de combinar *bondage* com cunilíngua e apetrechos eróticos. Depois que o dominador tiver imobilizado sua submissa nessa posição, ele pode introduzir um par de bolas de pompoarismo na vagina dela (ver capítulo 29). As bolas criam uma sensação de preenchimento prazeroso e de excitação, que pode aumentar enormemente o impacto erótico do sexo oral. Um *bullet* vibratório de controle remoto é outra opção para estimular a parte interna da vagina durante o sexo oral, permitindo ao dominador combinar o nível de sensação vaginal com a intensidade dos movimentos de sua boca.

Capítulo 41
BDSM e felação

Parte II

Pode parecer contraditório para as mulheres que felação seja uma forma de proporcionar prazer e dominar um homem simultaneamente. A pornografia que enfoca somente o prazer masculino não pinta um quadro bonito da felação (ver capítulos 39 e 45); no entanto, muitas mulheres percebem o poder potencial da felação. Dizem que Cleópatra, rainha do Egito, era uma especialista no assunto, e usou suas habilidades de sexo oral para seduzir dois dos homens mais poderosos do mundo: Júlio César e Marco Antônio.

Para exercer controle físico e mental sobre seu submisso e fazê-lo sentir-se "usado", uma dominadora pode lhe fazer sexo oral enquanto ele está amarrado. A posição *spread-eagle* (ver capítulo 5), e posições em que se está de pé (ver capítulo 8) dão à mulher acesso total aos órgãos genitais do parceiro. Para realmente desfrutar de seu jogo de poder, ela pode privá-lo de alguns sentidos vendando-o ou fazendo-o usar um capuz (ver capítulo 10) e, simultaneamente, estimular ao máximo seus outros sentidos, praticando o sexo oral enquanto ele usa um anel peniano (ver capítulo 29).

Pensando no seu próprio prazer, uma dominadora pode desejar se autossatisfazer com um vibrador (ver capítulos 26 e 29) enquanto faz sexo oral no parceiro. Ela pode então parar e ordenar que ele a penetre na posição e estilo que ela desejar (ver capítulo 36).

Capítulo 42
Jogo anal

O jogo anal envolve estimulação prazerosa da região anal sem que haja necessariamente penetração. É uma prática comum nos jogos BDSM, apesar de geralmente ser considerado tabu para os padrões mais convencionais; no entanto, é o elemento tabu que torna tudo ainda mais excitante.

Um alerta sobre o jogo anal: nada que toque a área anal — seja um dedo ou um brinquedo erótico — deve entrar em contato com a vagina. Tal contato pode causar sérias infecções urinárias na mulher. Jogos anais requerem limpeza e, uma vez que a região não tem lubrificação natural, também exige o uso de um lubrificante artificial. Tome cuidado com lubrificantes anais que contenham ingredientes que tiram a sensibilidade. Você precisa saber o que está acontecendo, já que o desconforto é uma maneira que seu corpo tem de proteger a si próprio.

Para começar a brincadeira, um dominador pode prender sua submissa na posição *leapfrog* (ver capítulo 34) e lhe fazer sexo oral até que ela fique excitada — um parceiro excitado pode estar mais receptivo para esse tipo de jogo erótico. Ele pode então pressionar o ânus da mulher gentilmente com o dedo lubrificado, um vibrador ou um *plug* anal (ver capítulo 29), talvez introduzindo apenas uma pontinha. Se desejar, ele pode penetrá-la, sem parar de pressionar seu ânus. A novidade do ato para ele e a sensação para ela podem intensificar o orgasmo para ambos.

Uma dominadora que queira começar a brincadeira pode prender seu submisso na posição *frogtie* (ver capítulo 34) e praticar sexo oral até que ele esteja excitado e com o pênis ereto. Ela pode então introduzir um vibrador debaixo do corpo dele para pressionar e estimular a região anal enquanto ela continua a felação, até o clímax ou até ela querer fazer algo diferente (ver capítulos 3 e 28).

Para muitos homens, a massagem na próstata é o aspecto mais prazeroso do jogo anal. Essa glândula faz parte dos sistemas urinário e reprodutor do homem e está situada logo abaixo da bexiga. Ela desempenha uma função na produção de sêmen e na ejaculação. A próstata pode ser estimulada externamente pressionando ou massageando o períneo, a pequena área que se estende da parte posterior dos testículos até o ânus, para criar uma profunda sensação de prazer.

Para estimular a próstata do submisso, a dominadora pode prendê-lo na posição *spread-eagle* (ver capítulo 5) e praticar sexo oral até ele ter uma ereção. Com os nós dos dedos de uma das mãos, ela pode pressionar seu períneo enquanto faz sexo oral e aperta delicadamente seus testículos com a outra mão. Ela pode querer pressionar um *bullet* vibratório (ver capítulo 29) contra o períneo do parceiro para acrescentar um quê a mais à experiência. *Bullets* têm aparência menos fálica que vibradores retos, o que pode ajudar um homem heterossexual a ser mais receptivo ao jogo anal.

Capítulo 43
Sexo anal

A penetração sexual anal pode ser uma experiência agradável tanto para mulheres quanto para homens, particularmente para os adeptos do BDSM. Muitas mulheres apreciam a dupla penetração — penetração simultânea da vagina e do ânus — pelo pênis de seu parceiro e um brinquedo erótico. Homens gostam dessa novidade, tanto pelo elemento tabu quanto pela pressão mais forte no seu pênis.

É menos comum que homens heterossexuais aceitem ser penetrados; no entanto, *plugs* anais e cintas com dildos (ver capítulo 29) podem facilitar as coisas para aqueles que estiverem dispostos a tentar. Muitos *plugs* anais são confeccionados para estimulação interna da próstata, e, quando usados no homem que recebe simultaneamente sexo oral, podem resultar num surpreendente e poderoso orgasmo.

A estratégia para incluir o sexo anal ao jogo erótico BDSM deve ser vagarosa, segura e tranquila. Vá com calma e com precaução no começo, mantendo um canal de comunicação aberto entre os parceiros e lembrando-se de seus limites e palavra de segurança (ver capítulo 2). É essencial usar bastante lubrificante anal que não tire a sensibilidade, e não deve haver contato ou transferência de germes entre o ânus e a vagina. Os novatos em sexo anal devem contar com elementos de fantasia para trazer uma ideia de dominação e submissão à experiência — *bondage* e imobilização não devem ser usados até que ambos os parceiros já tenham alguma experiência e se sintam confortáveis com esse tipo de jogo erótico.

Quando os parceiros estiverem familiarizados e sentindo-se à vontade com o sexo anal, podem começar a incorporar outros elementos BDSM, inclusive *bondage*.

Capítulo 44
Sexo e espelhos

Espelhos podem acrescentar um incrível impacto visual ao jogo erótico BDSM. O parceiro dominador pode colocar um espelho na frente de um submisso imobilizado e então ordenar que ele observe seu corpo sendo usado, abusado e excitado involuntariamente.

Manter um submisso de pé, prendendo os seus pulsos na haste de um chuveiro (ver capítulo 8), pode se prestar bastante bem a essa prática, desde que haja um espelho bem grande no banheiro. Para jogos BDSM dentro do quarto, o submisso pode ficar imobilizado de pé com algemas que se prendem à porta (ver capítulo 8) e então um espelho grande pode ser posicionado à sua frente.

Para explorar plenamente a dimensão visual e deleitar-se com o seu domínio, o dominador pode obrigar sua submissa imobilizada ficar olhando enquanto ele prende pinças (ver capítulo 15) nos seus mamilos e introduz um *bullet* vibratório na sua vagina (ver capítulos 21 e 29), usando o controle remoto para estimulá-la como ele bem entender — e contra a vontade dela. Ele pode submetê-la a uma torturante satisfação adiada (ver capítulo 3), alternando períodos de sexo oral (ver capítulo 38) e penetração vaginal com um vibrador.

Uma dominadora pode forçar seu submisso a assistir cada momento de sua tortura e de seu êxtase sexuais, imobilizando-o de pé, e colocando um espelho à sua frente. Ela pode querer pôr nele um anel peniano e/ou sujeitá-lo ao prazer excruciante de um masturbador masculino (ver capítulos 29 e 30). Ela também pode querer praticar sexo oral no parceiro enquanto se autossatisfaz com um vibrador coelho ou outro brinquedo erótico (ver capítulos 26 e 29). Esta visão levará com toda certeza qualquer submisso ao êxtase.

Um aviso para os homens com relação a sexo e espelhos: se sua mulher tem problemas com o próprio corpo, é mais provável que isso a bloqueie do que a excite. Para fazer uso dos espelhos, espere até que ambos estejam excitados e então sugira que façam isso. Se ela disser não, não insista.

Capítulo 45
Pornografia

A pornografia pode ser usada no jogo BDSM de várias maneiras. Um dominador pode forçar seu submisso a assistir filmes pornográficos durante o ato sexual ou quando estiver sendo levado ao orgasmo. Pornografia também pode realizar um fetiche por voyeurismo (ver capítulos 24 e 37), uma vez que os parceiros podem imaginar que estão vendo outro casal transando. Para muitos, assistir pornografia com um tema BDSM pode lhes dar novas ideias e fazer com que entrem no clima. Alguns até reproduzem suas cenas ou atividades favoritas. Para outros ainda, a pornografia serve de pano de fundo para a sua própria prática BDSM. As cenas são estimulantes e os sons, especialmente com volume alto, são a perfeita música ambiente.

Não se esqueça, porém, que nem toda pornografia é criada da mesma forma. É melhor escolher o que for agradável para ambos os parceiros, uma vez que uma grande parte da pornografia é feita exclusivamente para o prazer masculino e as cenas podem fazer até a mais resignada das mulheres querer sair correndo. Dito isto, não tenha medo de passar dos limites e fazer uma ou outra incursão no lado pervertido, pois sempre se pode pular as cenas que mais atrapalham do que ajudam.

Os principiantes em pornografia de tema BDSM devem ir com calma. Leia algumas resenhas online e/ou pesquise a empresa que produziu o filme antes de adquirir ou baixar algo. De um modo geral, você terá muito mais sorte com filmes adultos BDSM profissionais do que com vídeos amadores online. Há muito material BDSM de conteúdo pesado que casais comuns acham ofensivo, e a internet está cheia deles. Isso pode incluir severos elementos de humilhação ou degradação, dor, mutilação, sexo forçado e o uso de fluidos corporais. Lembre-se: BDSM não tem que ser grosseiro nem doloroso para ser bom.

Capítulo 46
Erotismo

O erotismo escrito, particularmente de tema BDSM, é uma grande alternativa para a pornografia. Ele tem um excepcional potencial de fantasia, ajuda a excitar tanto mulheres quanto homens, estimula o escapismo erótico e mexe com a imaginação de ambos os parceiros. É menos provável também que uma novata no BDSM fique chocada com erotismo escrito do que com pornografia visual. Na prática, um dominador pode obrigar um submisso a ler uma história erótica como forma de preliminar.

Capítulo 47
BDSM e desfamiliarização

A desfamiliarização é uma ferramenta artística que leva uma pessoa a ver um elemento familiar — uma bicicleta ou um corpo humano — de uma forma não familiar. Assim, pode-se fazer esse elemento parecer novo, excitante e provocante. Os adeptos do BDSM tentam desfamiliarizar o corpo de seus parceiros e o próprio sexo, transformando-os em algo novo e empolgante. É por isso que boa parte da cultura BDSM é visual e tátil — aqueles vestidos de látex, algemas de couro e chicotes de borracha têm um propósito. Esses elementos se unem para criar uma atmosfera de escapismo erótico, em que os parceiros podem esquecer as preocupações do dia a dia e mergulhar plenamente na experiência sexual. É bom para o espírito e para o corpo.

Para assegurar que os jogos eróticos do BDSM não virem rotina, algo previsível ou enfadonho, os casais devem estar sempre tentando acrescentar elementos novos e inesperados à experiência. Mudar "as pequenas coisas" pode causar grandes efeitos em termos de excitação. Eis aqui algumas dicas. Pense nisso:

- Substitua a lâmpada do quarto ou do abajur por uma vermelha. Isso dará ao quarto um clima absolutamente sensual. Você também pode cobrir a cúpula do abajur com tecidos de cores variadas, mas cuidado para não encostá-los na lâmpada.

- Use diferentes partes da casa como cenário para a sua prática. Um submisso pode ser preso à mesa da cozinha ou à banqueta estofada da sala de estar. Você pode até realizar o seu jogo BDSM no carro.
- Mude algo em seu corpo, não importa se na aparência de seus pelos pubianos ou na marca de perfume ou colônia que usar. Você também pode aplicar uma tatuagem temporária ou um piercing falso para fazer seu corpo parecer não familiar aos olhos do seu parceiro.
- Ponha na cama lençóis de cetim. O contato desse material com o corpo nu provoca uma sensação muito diferente da dos tecidos mais comuns como algodão e malha.
- Se você normalmente transa em silêncio, aumente o volume e ponha uma música bem alto.

Capítulo 48
Um programa (romântico?) BDSM

Todos os casais reconhecem o valor de sair regularmente para um programa romântico. E mais ainda os casais que praticam BDSM. Na verdade, programas BDSM de fim de semana são uma característica dessa cultura. Um quarto de hotel anônimo é o perfeito pano de fundo para prazeres BDSM, e a sensação liberadora de viajar incógnito pode ajudar a eliminar inibições sexuais.

Quando escolher um destino, procure por um hotel ou resort do tipo que não atrai famílias ou equipes esportivas, que correm e fazem barulho pelos corredores o tempo todo. Nada melhor para acabar com um clima erótico que alguém berrando e pulando na cama do quarto ao lado. Peça um quarto que seja bem longe da piscina. Você não vai querer ouvir os gritinhos de brincadeira na água a noite toda, e muito provavelmente os frequentadores da piscina também não vão querer ouvir os gritos vindos do seu quarto. Muitos hotéis, inclusive alguns bem sofisticados, têm espelhos acima da cama. Isso lhe permite incorporar esse objeto (ver capítulo 44) ao jogo erótico BDSM de uma forma que pareça muito com pornografia ao vivo (ver capítulo 45).

Você deve também pedir um quarto com uma ducha daquelas bem grandes ou uma banheira de hidromassagem com chuveiro multijato para você poder fazer brincadeiras eróticas na água e/ou realizar várias fantasias (ver capítulo 29). Nem é preciso dizer que a cama deve ser king-size. Você também pode querer que a janela do quarto dê para uma parede cega ou uma rua pouco movimentada. Muitos casais em retiro BDSM gostam de abrir as cortinas para incorporar elementos de voyeurismo e exibicionismo (ver capítulo 24) ao jogo erótico.

Se for viajar de carro, faça uma mala com seus apetrechos BDSM e seus brinquedos eróticos favoritos (ver capítulo 29) e caia na estrada. Se for viajar de avião, talvez prefira deixar suas coisas em casa e procurar um sex shop local. Ou pode também encomendar produtos online que serão enviados diretamente para o hotel. Hoje em dia, as viagens aéreas já são bem estressantes, imagine se você ainda tiver que explicar para um funcionário da alfândega mau-humorado o que são suas pinças de mamilos ou tiver que ver seu kit de acessórios de eletroestimulação ser apreendido e você, impedido de embarcar.

Capítulo 49
O lado mais suave e insinuante do BDSM

Fantasias sexuais são uma forma fácil e eficaz que os casais têm de se permitir o escapismo erótico (ver capítulo 47). Fantasias e encenações podem reforçar as posições de dominação e submissão, e proporcionar um poderoso pano de fundo para jogos eróticos BDSM. Já se tratou aqui das fantasias de sexo violento envolvendo *bondage* e imobilização física (ver capítulos 9 e 27); no entanto, há também um elemento mental de dominação, submissão (ver capítulo 2) e fantasia sexual. Um bom dominador é capaz de imobilizar o corpo de um submisso sem cordas, algemas ou outro equipamento *bondage*.

Para se lançar numa fantasia sexual mais suave, que explore o elemento mental da dominação e do controle, uma dominadora pode encenar para o seu submisso a experiência erótica de um serviço completo de casa de massagem. Ela é a massagista e ele, o cliente prestes a receber a massagem da sua vida. O elemento surpresa? A política dessa casa é muito rígida: o cliente não pode tocar a massagista, nem fazer qualquer tipo de movimento. Ele só pode ficar deitado de costas para ser servido. Ela está no controle.

O banho de espuma é um serviço oferecido em muitas dessas casas, mesmo as de reputação duvidosa. Isso acrescenta uma perversão espumante e sexy à clássica fantasia masculina em que uma massagem sensual se torna sexual. Primeiro a massagista ensaboa o próprio corpo nu e depois passa para o do cliente. Isso pode ser feito numa cama especial de massagem, num colchão de ar posto no chão ou na cabine de um chuveiro multijato. Ela leva o cliente ao orgasmo, "lavando-o", ou seja, ensaboando todo o seu corpo, passando espuma em seus órgãos genitais, apertando seus testículos, segurando seu membro firmemente e fazendo movimentos rítmicos. Ele só pode olhar e sentir, mantendo as mãos ao lado do corpo até não conseguir mais se conter e gozar.

Uma dominadora pode facilmente encenar esta fantasia de controle em casa: só precisa de um chuveiro e um gel de banho ou sabonete líquido neutro que faça bastante espuma. Para incorporar satisfação adiada (ver capítulo 3) a essa brincadeira, ela pode usar um chuveirinho para tirar o sabão dos órgãos genitais do parceiro em intervalos regulares. Quando ela para de estimular seu membro para fazer isso, quebra o ritmo de que ele precisa para chegar ao orgasmo. A dominadora/massagista também deve lembrar regularmente ao seu submisso/cliente que é ela que comanda o seu orgasmo (ver capítulo 28), e que ele não pode mover um músculo sequer. Ele só vai gozar quando ela lhe proporcionar a fricção contínua e espumante de que ele precisa para chegar ao orgasmo.

O deslizamento corporal é uma prática similar ao banho de espuma. A massagista passa um gel corporal especial ou um óleo no próprio corpo e no do cliente, deita-o num colchão de ar, e então começa a se esfregar nele todo, "massageando" seus órgãos genitais com os seios e por fim levando-o ao orgasmo. É possível encontrar kits completos de deslizamento corporal que vêm com instruções, gel e um lençol a prova de água em sex shops ou pela internet. Essa brincadeira sacana proporciona a seus participantes o tipo de sexo de alto estímulo sensorial que faz a fama do BDSM.

Um dominador também pode fazer o papel do massagista controlador. Para tornar a fantasia mais intensa e apimentada, ele pode instruir sua submissa a colar adesivos nos mamilos (ver capítulo 15). Com óleo de massagem de propriedade aquecedora nas mãos, ele deve deitá-la de costas na cama e — ordenando que ela permaneça com os braços ao lado do corpo — começar a massagear seus seios. Aos poucos, ele pode ir fazendo movimentos circulares com as mãos bem besuntadas sobre os adesivos. Quando ela estiver excitada, ele deve retirar os adesivos bem devagar, um de cada vez, e começar a acariciar, puxar e apertar os mamilos da cliente até ver o seu corpo se contorcer na cama. Mantendo uma das mãos nos seios para continuar estimulando os mamilos, ele pode usar a outra para introduzir os dedos na vagina dela, fazendo-a chegar ao orgasmo quando ele assim o desejar.

O ritmo brando dessa fantasia, combinado com o controle erótico exercido de forma intensa pelo massagista, faz dela uma encenação ideal para mulheres que ainda estão se familiarizando com os elementos BDSM de maior impacto. Ela também proporciona uma pausa sensual para atividades mais pesadas. Afinal, até o que é bom cansa.

Capítulo 50
E depois?

Os jogos BDSM podem ser uma experiência mental e física exaustiva. É absolutamente essencial que os parceiros cuidem um do outro quando ela termina. Homens no papel de dominadores devem ser especialmente cuidadosos para confortar e dar segurança à sua parceira. Para alguns casais, o depois envolve carinho e conversa, para reafirmar o amor que sentem um pelo outro. Há também os que se divertem e riem juntos guardando suas algemas e seus anéis penianos. Muitas vezes o riso compartilhado aproxima mais que um abraço.

Já outros casais preferem transar: para eles, o BDSM é apenas uma forma extrema de preliminar, ao passo que o ato sexual continua sendo um aspecto mais terno de seu relacionamento. Todos os casais que praticam BDSM devem tornar o depois parte integrante da sua vida sexual. Eles também devem fazer um verdadeiro "interrogatório" — e imediatamente após o sexo pode não ser a melhor hora para se fazer isso — para saber do que gostaram ou não gostaram na experiência. Muitos aspectos BDSM podem trazer novidade, excitação erótica e intenso prazer sexual para a vida amorosa de um casal. Afinal, casal que brinca junto permanece junto. Trata-se de uma prática bem mais difundida do que você poderia imaginar. Não se deixe enganar pelas aparências. As cordas e os chicotes das brincadeiras BDSM podem fazer com que ele pareça uma subcultura, mas boa parte dessa prática se enquadra nos limites da sexualidade convencional.

Sobre os autores

O casal Don e Debra Macleod é autor de diversos livros sobre sexo que foram amplamente divulgados por jornais como o *New York Times* e o *USA Today*, e receberam o prêmio Best in Bed, da revista *Women's Health*.

Exercendo as funções de conselheira de casais, especialista em comunicação e solução de conflitos, e colaborando em importantes órgãos de imprensa, Debra ajudou milhares de casais a resolver seus problemas e melhorar sua relação. Para maiores informações, visite o site debramacleod.com.

Produção
Adriana Torres
Ana Carla Sousa

Produção editorial
Janaína Senna

Revisão de tradução
Tarita Arruda

Revisão
Nina Zuccari

Diagramação
Leandro Liporage

Este livro foi impresso no Rio de Janeiro, em novembro de 2012,
pela Edigráfica para a Editora Singular.
A fonte usada no miolo é Bembo, corpo 11/15,5.
O papel do miolo é offset 75g/m^2,
e o da capa é cartão 250g/m^2.